新 潮 文 庫

おめでとう

川上弘美著

新 潮 社 版

7190

目次

おめでとう

いまだ覚めず

タマヨさんに会いに三島まで行った。

明日が大晦日《おおみそか》という日で、東海道線鈍行の下りはずいぶんすいていた。朝から何も食べていなかったので、タマヨさんへのみやげにと小田原で買った笹蒲鉾《ささかまぼこ》の袋をひとつ開けて、五本のうちの二本を食べてしまった。しばらくしてまたお腹が減ってきたので、もう一本食べた。

タマヨさんは、封が開いていて二本しか残っていない袋の混じった笹蒲鉾の包みをみやげにと手渡しても、頓着《とんちゃく》しないたちである。少なくとも最後に会った十年前には、頓着しないたちであった。今はどうなっているかわからぬが、人間のたちが十年くらいでそうそう変わることもあるまい。ただし、もうしばらくたってさらにお腹が減り、結局残りの二本も食べてしまったので、タマヨさんのたちが変化しているかいないかはすぐには確かめられないことになる。

笹蒲鉾はあまりおいしくなかったので、残った袋も、みやげにしないことに決めた。タマヨさんは残り物であるかないかには頓着しないだろうが、食べ物そのものの味にはわがままなのである。

三島の駅前できんめ鯛《だい》を買い、正月用なのだろうか、半身のきんめ鯛をざっくりとざるに盛りあげたのを無造作に売っていたので、ひとつビニール袋に入れてもらった。刺し身にするとおいしいよと言われたので、そう言いながら手渡したら、タマヨさんはどんな顔をするだろうか、びっくりしたような嬉しいような顔をするだろうかと思って実際に手渡したら、嬉しいようなびっくりしたような顔をした。

髪を短く切り、化粧はあいかわらずほとんどせず、ゆるい服を着て、タマヨさんは庭の方から垣根ごしに呼びかけてきた。同じような家が並んでいる建売分譲の敷地をうろうろ捜していたら、タマヨさんが呼びかけてきたのだった。

タマヨさんと最後に会ったのは、タマヨさんの結婚式で、夫となった押しだしの立派なひとと並んでいたのが、いまいましかった。いつぞやはあたしのことをあいしていたはずなのに、知らない男と結婚してしまったタマヨさんが憎かった。だから結婚式には出てやったが、以来電話もしなかったし手紙も出さなかったしむろん訪ねるなどということもしなかった。

それが突然こうして訪ねてみる気分になったのは、ひきだしからタマヨさんの写真が出てきて、まだあたしはタマヨさんがだいすきだということがわかったからである。十年たってみると、自分がいつかは死ぬことが十年前よりもはっきりわかってきて、箒《ほうき》でごみを掃きだすように、やり残したことやしそこねていたことをどんどんおこなってしまわなければもったいないという気分が強まったのである。長年の強情をさっぱりと捨てて、タマヨさんに会おうと思ったのである。

タマヨさんが立って手招きした庭には大きな籠《かご》、人が二人ほど入れるくらいの大きな籠が置いてあった。

妙な籠だった。いやに大きいその大きさが、まず籠としては妙だった。庭にそのような大きい籠をわざわざ置くのも、妙だった。タマヨさんについて庭から入ると、籠の全貌《ぜんぼう》を見渡すことができた。大小の白い鳩《はと》が多く籠に入れられている。籠の横木に何本もの竿《さお》が渡されてあり、どの鳩も竿にとまっている。白い鳩は塵《ちり》のように見えた。大小の塵である。大小の白い塵である。タマヨさんが籠を揺らすと、大きく重いので籠はかんたんには揺らされないはずなのだが、タマヨさんは昔から力が強い、鳩塵はいっせいにぴょんと舞い上がり、それからただちに静まった。

タマヨさんは籠の横に立って、あたしを手招きした。以前とちっとも変わった様子がない。あいしているのよとても、そうあたしに言ったころのタマヨさんとちっとも変わりがないのだった。

「海苔巻《のりま》きを食べていました」

昔タマヨさんと交わした睦言《むつごと》などをタマヨさんの庭先に立ってぼんやりと思い返していると、タマヨさんが突然に言った。

「海苔巻き？」

聞き返すと、

「海苔巻き」

涼しい顔で答えた。

「あなたと最後に二人で会ったとき、あなたは海苔巻き食べていました」

海苔巻きなんかを食べていたのだろうかあたしは。タマヨさんと最後に二人で会ったときには、結構な悪たれ口をタマヨさんにはっしはっしと投げつけていたように思っていたのだが、海苔巻きなど食べていたのか、そういうときに。

「どんな海苔巻き」

訊《たず》ねると、

「たまごの海苔巻き」

答えた。

籠の中の白い鳩がいっせいに身じろぎをした。タマヨさんは動物は嫌いなはずだったが、いつのまに変わったのか。動物嫌いがなおるくらいなら、タマヨさん自体のたちも変わっているのだろうか。

「鳩すきなの？」

「とくに」

タマヨさんはそう答えながら、籠をふたたび揺らした。鳩どもぜんぶがばさばさと飛び上がり、白い羽根がいくつも散らばる。

タマヨさんと一緒に、昔、昔といっても十五年くらい前だから大昔というわけでもないが十年ひと昔という言い方があるのだから昔と言ってもいいだろう、奇術の舞台を見に行ったことがあった。大きな舞台の中央に奇術師は立っており、シルクハットや杖《つえ》や手袋をひらめかせながら、さまざまな動物を出してみせた。

奇術師は箱抜けや美女惨殺《ざんさつ》などのはでな奇術は行わず、ただただ動物を出しつづけるのだった。はつかねずみから始まって、天竺《てんじく》ねずみ、鳩、おうむ、うさぎ、七面鳥、やぎ、ぶた、鹿《しか》、つぎつぎに動物があらわれた。

牛から、さらにらくだに進むうちに、客席はしんと静まりかえった。らくだに続くだちょうのあとには、奇術師は肩で息をするような様子になった。

奇術師はしばらく肩で息をしながら、舞台の上にじっと立っていた。しわぶきひとつ、聞こえない。長い間があいた。

最後にあらわれたのは、象だった。インド象というのだろうか、耳やからだがアフリカ象にくらべると小ぶりの象である。足も鼻も顔も皺《しわ》でいっぱいのインド象が、奇術師のふりかざす白い布の向こうから、ぱ、とあらわれたのである。

「象かしらね」

あらわれる前にタマヨさんはあたしの耳に息を吹きこみながら言った。その予想が当たってタマヨさんは上機嫌だった。息を吹きこまれ、あたしはたいそう気持ちが高ぶった。タマヨさんを抱きしめて接吻《せっぷん》したい気分になった。タマヨさんはあたしの気分にぜんぜん気がついていないのか、さらにあたたかな息を吹きこみながら、「象に決まってるわね、虎《とら》じゃない豹《ひょう》じゃないましてや鯨でもない、象でしょうこは」と甘い声で言った。タマヨさんの声はほんとうは甘くもなく、低い、どちらかといえばしゃがれた声だったが、あたしにとってはたいそう甘い声なのだった。

タマヨさんが、もうあなたと二人では会わない、と言ったとき、ほんとうはあたしはすでにタマヨさんのことをすこし疎《うと》ましく思いはじめていたのだ。それを知っていたのに、知らないふりをして、ただタマヨさんから邪険にされたという姿勢をつくった。それがタマヨさんの親切だった。あたしに悪たれ口をはかせたのが、タマヨさんの親切だった。

タマヨさんの親切に答えるために、別れぎわあたしはできるかぎりの悪たれ口をきいたが、さほどめざましいものはきけなかった。あたしには思いきりというものが欠けている、いつも。

あたしは、そのころタマヨさんに接吻するのをためらうようになっていた。タマヨさんの服を脱がせたりタマヨさんに服を脱がされたりタマヨさんをあいしてると言ったりタマヨさんにあいしてると言われてうれしそうにしたり一緒のものを見て笑ったり泣いたり、そういうことはできるのに、接吻をすることがどうしてもためらわれるようになっていたのだった。

夜に公園の遊動円木に座って向かいあい、タマヨさんが髪を肩に預けてくると、あたしは少しだけ、わからぬほど少しだけ、身を引いた。タマヨさんは知ってか知らずか、あたしが身を引いたぶんだけ身を余計に預ける。

外から見ただけではそよとも動かぬあたしとタマヨさんの目に見えぬ押し引きが、夜の公園で行われた。タマヨさんと接吻したくないの、そう言ったらタマヨさんは泣きだすだろうか。そう言ったらタマヨさんはあたしを見つめるきりりとした眼差《まなざ》しに恨みをあらわすだろうか。

接吻したくないの、と言いたくてしかたがないのだが、そんなひどいことは言えなかった。けれどもタマヨさんはあたしが接吻したくないことを、ちゃんと知っていたに違いなかった。

奇術を見にいったころはまだ、あたしはタマヨさんに接吻したかったのだ。いつでもどこでも。タマヨさんの暖かなからだを抱きしめてタマヨさんに接吻を降らせたかったのだ。いつの間に、あたしはタマヨさんから離れてしまったのだろう。

タマヨさんの家に入ると、壁いちめんに写真が貼ってあった。四方の壁のうち二方が写真だらけだった。写真の上に写真が重なり、壁は隙間《すきま》も見えていない。人を写した写真もあったし、植物動物鉱物を写した写真もあったし、建物を写した写真もあったが、いちばん多いのは空を写した写真だった。空には、雲や星や月や飛行している何だかわからないものが、かかっていた。

「これ？」

指さすと、タマヨさんは、

「うつした、わたしが」

と言った。

「たくさんあるわね」

「たくさんあるわよ」

タマヨさんは煙草《たばこ》に火をつけて、人指し指と中指の間にしっかりはさんですった。タマヨさんのすいかただった。十年前にもこうやって、指に力を入れて、しゃちほこばってすっていた。

「たくさんありすぎる」

言うと、タマヨさんは不愉快そうな顔になった。

「いいでしょ、じぶんちなんだから」

それはそうだった。

「これよこれ」

タマヨさんは煙草をくわえたまま、両手でそっと一枚の写真を壁からはがした。はがした写真の上に重なっていた写真が三枚ほど床に落ちたが、タマヨさんは拾おうとはしない。

写真にはあたしが写っていた。

「十二年くらい前の」

タマヨさんは言い、続けさまにあたしに向かって煙を吐いた。あたしはむせそうになった。写真の中のあたしは、頬が豊かでくちびるが明るかった。こんな顔をしていたころあたしがタマヨさんと、あいしてる、あたしもあいしてる、などと言いあっていたのかと思うと、不思議な気分になった。

「このごろ何してるの」

「仕事ばっかりしてる」

「わたしも」

わたしも、というタマヨさんの声を聞いて、あたしは突然涙が出そうになった。わけもなく涙を流したくなるのがあたしの昔の癖だったが、そういえばタマヨさんと疎遠《そえん》になってから、その癖はなりをひそめていた。回春薬を飲んだようなものかもしれなかった。タマヨさんをこうしてはるばる訪ねてきたからには、涙くらい流してもいいような気持ちになって、あたしは少し無理やりにではあるが、涙を流してみた。

「なにそれ」

タマヨさんの反応は冷静だった。

「なにって、泣いてる」

「ふん」

タマヨさんははきだすように、という形容にぴったりの声で、はきだすように、言った。はきだされて、あたしはすぐに泣きやめられなくなった。依怙地《いこじ》になった。すっかり依怙地になった。えんえん、とまではいわないが、しくしく、くらいの声はだした。だしながら情けない気分になり、そのうちにほんとうに泣きたくなった。

「やめていいわよ」

突然タマヨさんが言った。その声を聞くと、あたしの涙はすぐに止まった。

「それより、一緒に歌でもうたいましょう」

タマヨさんはあたしの写真をひらひらさせながら、続けた。

「歌?」

聞くと、

「歌、冬だし寒いし、あれ、あの歌、よくあなたと一緒に歌ったあれ、さーぎーりーきーゆるー、っていうの」

「ああ、冬景色」

「そうそう、その、景色」

さ霧消ゆる湊江《みなとえ》の
舟に白し朝の霜
ただ水鳥の声はして
いまだ覚めず岸の家

タマヨさんは、文章を読むように、歌詞をとなえた。よどみなく、となえた。

そういえばあたしは小学校のころ合唱部に入っていたので、そんなような歌をたくさん知っていた。昔、寝床でタマヨさんとたくさん抱きあったあとに、気持ちがひろびろすると、いつも文語調のそういう歌をうたった。タマヨさんにも歌詞を口うつしに教えて、一緒にうたわせた。

タマヨさんがうたえるようになると、あたしがアルトをつけた。タマヨさんは少し音痴だったので、二人の合唱はよろよろしたものだったが、タマヨさんは絶対に自分の音程が狂っていると認めなかった。あなたが低すぎるの、あなたがへんなの、そう言って、タマヨさんは大声でうたいつづけた。あたしは笑いながら、タマヨさんのよろける音程に音をあわせた。

タマヨさんがおもちゃのピアノを持ってきた。特有のばねのような音を混じらせて、「冬景色」の一番ぶんを片手で弾いた。

「ピアノ、ひいたっけ」

あたしが聞くと、タマヨさんは首を横に振った。

「あなたとおわかれしてから、練習しました」

ピアノのリズムにあわせるような調子で、言う。

「練習って、そのピアノで」

「ふん、そうよ。わるい？」

タマヨさんは、あたしと喋《しゃべ》る間も、弾く手をとめなかった。

一番ぶんを弾き終わると、タマヨさんは、さんはい、と言った。あたしたちは、ばねの音のするピアノにあわせて、うたいはじめた。

さぎりきゆる　みなとえの
ふねにしろし　あさのしも

ただみずとりの　こえはして
いまださめず　きしのいえ
からすなきて　きにたかく
ひとははたに　むぎをふむ
げにこはるびの　のどけしや
かえりざきの　はなもみゆ

タマヨさんはなんだかずいぶん熱心にうたった。おもちゃのピアノを弾く手はたどたどしいが、間違えない。途中から二部合唱にした。タマヨさんは昔ほど音程が狂わなくなっていた。

「うまいじゃないの」

「いやまあ」

タマヨさんはむっつりした顔で答える。

「ときどきうたってたの？」

「この歌はすきだからね」

庭で鳩《はと》の入った籠《かご》が揺れているのが見えた。

「鳩、あばれてるわよ」

「ああ」

タマヨさんは庭に出て、籠の扉を開けた。大小の白い鳩がいっせいに扉に殺到し、風が起こった。五羽六羽とまとめて扉から出てゆく。外に出ると、どの鳩も空に向かった。見る間に籠はからっぽになった。

「ほんとにひさしぶり」

タマヨさんは言い、あたしをまじまじ見つめた。タマヨさんの家に来てから、はじめてタマヨさんはあたしをちゃんと見たのだった。

「あなた少しふとった？」

「よけいなお世話」

「わたしは少し痩《や》せた」

タマヨさんは、あたしの手を握った。てのひらを何回か撫《な》でた。

「ほら、ふくふくしてて気持ちいい」

「手まで太ってないわよ」

「うん、ふくふくしてたのは昔からだったね」

「どうせそうよ」

「あなたと手つなぐの、すきだった」

「ふくふくしてるから？」

「それもある」

白鳩がぜんぶまとめて、空を旋回している。てんでに飛べばいいものを、まとまって旋回している。そのさまがうっとうしかった。

「しつけてるの、あの鳩」

聞くと、タマヨさんはくすくす笑った。

「ほんとに嫌そう」

「え」

「すぐにうっとうしいって決めるんだから」

タマヨさんがことさらに強い視線であたしを見た。たじろいで下を向くと、タマヨさんはあたしの手を摑《つか》んで庭に誘い出した。白鳩がいなくなった籠の扉を大きく開け、中にあたしを押し込み、それから自分も入った。

　籠の中はけむたかった。鳩についている埃《ほこり》なのか、鳩のたてていた気配なのか、鼻がむずむずした。タマヨさんはあたしをかかえるようにして籠の中心に立った。

「鳩くさい」

「鳩の籠だからね」

　タマヨさんはあたしの文句にはかまわずに、あたしを抱きかかえつづける。一刻も早く籠から出たかったが、タマヨさんの力が強い。

「出ようよ」

「もうちょっと」

　タマヨさんは、あたしの肩をぽんぽんと叩《たた》いた。鳩の籠はいやだったが、タマヨさんの手はよかった。タマヨさんにもっとぽんぽんしてほしかった。そうしてもらうために、大晦日《おおみそか》の前の日にわざわざ三島まで東海道線で来たんだと思った。

　でも、タマヨさんはそれ以上ぽんぽんとしてくれなかった。そのかわりに、あたしをかかえる手をゆるめて、籠の扉を押し開いた。

あたしたちが籠から出ると、大小の白鳩が大きな羽音をさせて戻ってきた。いっせいに旋回していたのと同じく、いっせいに戻った。五羽六羽とまとめて、中に戻った。

「泊まってく？」

タマヨさんに聞かれて、あたしは首を横に振った。

「じゃ、少しあそんでこう」

タマヨさんが着がえに奥に行っている間、あたしは庭の籠を眺めた。大小の塵《ちり》のような白鳩がぎっしりつまった籠を眺めた。鳩はぜんぜん面白くもおかしくもなかった。

「なにしてあそぶ」

少しお化粧をして少しよそいきになったタマヨさんに聞かれて、あたしは知らないうちに泣いていた。タマヨさんにふふんと鼻鳴らされようと何されようと、かまわなかった。鳩なんか嫌いだった。十年たった今になってそんなふうにするのはわがままだと知っていたが、タマヨさんの前でわあわあ泣きたかった。

それで、わあわあ泣いたら、タマヨさんは、

「なにやってるんだか」

と言って、さっさと玄関から出ていった。

その夜は、小田原の小さな飲み屋でしたたかに酔った。生の蛸《たこ》を食べさせる店で、相模湾《さがみ》でとれるという何種類かの蛸を出された。タマヨさん、あいしてる、そう言うと、タマヨさんは蛸をむつむつ嚙《か》んだ。タマヨさんが嚙むとあたしも食べたくなった。あいしてる、と言うのはお休みにして、蛸に専念した。

大晦日に家で目覚めたところをみると、知らぬうちにどうにか東海道線に乗って家に帰りついたらしい。タマヨさんが撮ってくれた十二年前のあたしの写真が、くしゃくしゃになって手提げの中に入っていた。くしゃくしゃをのばそうとしたがのびないので、アイロンをかけたら、十二年前のあたしは、とたんに焦《こ》げてしまった。タマヨさん、とつぶやこうとしたが、寒くてへんな声しか出なかった。ストーブをつけて、しばらく焦げた写真を見ていた。

どうにもこうにも

モモイさんにとり憑《つ》かれたのが去年の七月である。

去年の七月といえば、久しぶりに行ったトレッキングで腰をいためた、誕生日検診で胃潰瘍《いかいよう》の初期と診断され、四十歳にもなって親しらずが突然生えはじめたので抜くべく歯科医に行ったはいいが医師の腕が悪く出血多量であやうくショック症状をおこしかけ、それら諸々《もろもろ》のことをなんとかやり過ごしほっとひといきついているころに、ささいな理由から五年ごしの恋愛関係にあった妻子持ち・十歳としうえの井上と別れたという、多彩といえば多彩な、七月だった。

モモイさんはその十年前に死亡した当時、三十歳だったという、楚々《そそ》とした色白の美人である。

「うらめしい」と言いながら、出てきた。これはまたずいぶんと正統的な、と思いながら次に何を言うかと黙って眺めていると、出てきた場所、私の住んでいる部屋の狭い風呂場の通風口のあたりに、すうっと吸い込まれてゆこうとする。

「えっ」と私が声をあげると、モモイさんはまたすいっと濃くなった。見つめていると、先ほどよりも力を得た声で「うらめしい」と、もう一度言う。

「なにがですか」聞くと、「いのうえ」可憐《かれん》な声で答えた。

モモイさんは井上とは、十五年前に関係を持ったのだという。五年間、二人の関係は秘密裡《り》に続いたが、井上から別れ話が持ちだされ、モモイさん三十歳の誕生日の直後、井上の一方的な意思により恋愛は終わったそうだ。モモイさんは三十一歳になる直前、ようやく井上の思い出その他に訣別《けつべつ》して新たな人生の局面を迎えようというときに、自動車事故で命を落とした。

事故は井上が原因ではなかったが、井上の出張のためにモモイさんが指定席の切符を買いに行く途中の事故だったのが、因縁である。モモイさんは、井上と同じ課に所属していた。出張は井上だけでなく他数名含む、だったのだが、モモイさんは

「いのうえうらめしい」と、これは少しばかり責任転嫁にも思えたが、繰り返すのだった。

「まあ私も井上には縁があったしね」などといつもの調子よさで言っていたのが災いしたのか、それ以来、モモイさんに取り憑かれてしまった。

ほぼ一年間、取り憑かれているうちに、モモイさんの気質もわかってくる。かなり、細かなことにこだわるたちである。誕生日はむろんのこと、クリスマスヴァレンタインはじめ「その道」の記念日およびはじめて二人で会った日はじめて接吻《せっぷん》した日はじめて性交を行った日はじめて「愛する」という言葉が使われた日、ことこまかに記憶し、それらの日を井上があだやおろそかにしたものなら、そのことを掘り返してはうらみごとを言う。

聞けば井上も若かったのか、一つ一つの行為の間には存外長い間隔があり、接吻八月九日、性交十一月十三日、愛してる十一月三十日、妻と別れて君と一緒になりたい翌年の二月三日、というふうなスパンがある。

私のときは、もっと簡略化されていた。最初の接吻・性交・愛してるの三つはほぼ同時で、最後の、妻と別れる云々《うんぬん》など、なかった。モモイさんの話を聞きながら、歳月の流れと人の行動パターンの変化の関係に思いを馳《は》せたりしていたが、モモイさんは私のものおもいにはかまわず、井上へのうらみつらみをことこまかに、飽きずに述べるのだった。

「私じゃなく井上にとり憑いたら」と、何回か忠告したが、最初に現れたとき沈黙に耐えきれず通風口に消えようとしたのを見てもわかるとおり、モモイさんは気弱なのである。

気弱なくせに、こちらが拒否しないとどこまでもやってくる。幽霊の特質か。強く拒否してもよかったのだが、私も心が弱っていたのだろう。ついとり憑かれて、もうじき一年になろうとしているわけだ。

井上に復讐《ふくしゅう》しよう、とモモイさんが提案したのは、二週間ほど前のことだった。モモイさんにしては前向きな言葉である。井上を恨む女二人、協力しない手はない。そう低い声で力強くつぶやいて、モモイさんは目を輝かせた。青白い頬の色はますますあおざめた。

私は恨んでませんよ、今さら。そう言っても、モモイさんは聞いてやしない。いつだって、人の話など聞いていないのだ。これも幽霊の特質か。

いろんな手があるわよ。家に、何か怖いもの送りつけるっていう映画かなにか、あったでしょう。

あれ、モモイさんあの映画が上映されたとき、生きてたの。

死んでたけど映画館で見た。映画館、あんがい仲間がたむろしてるわよ。

あそう。

怖い怖いものを送りつけてやってもいいし、無言電話なんかもいいし、怪文書なんてのもいいわねえ。会社にいられなくしてやるとか。

モモイさんモモイさん、そういうの、誰がやるの。

あなたに決まってるじゃないよ。あたしは幽霊だから物も持てないし。箸《はし》より重いものは持てない、どころか何も持てないわけ、うふふ。

うふふも何もないものだ。私はきっぱりとモモイさんの提案を拒否したが、翌日から肩の凝りが激しく、そのうちに頭は割れるよう、まっぴるまから幻覚はあらわれるわ眠れば悪夢を見るわで、さすが幽霊、気弱なモモイさんでも幽霊的能力はちゃんと行使できることを、みずから証明してみせたのだった。

たまらず、できるだけのことは協力しようと申しでると、痛み幻覚の類《たぐい》は即座に消え、モモイさんは性格どおりの、細かな計画書を私に押しつけた。細かなといったって、無言電話、怪文書、動物の死骸《しがい》を送る、最初にモモイさんが思いついた範囲を出ない、ただしそれらは一日に何回も行われなければならぬ、その繰り返しのあまりの頻繁さゆえにかなり脅迫的で犯罪的な「復讐」の計画だった。

なにせ私は井上のことなど自分の中では遠景になってしまっていたので、ちくいち真面目《まじめ》に実行する気もなかったが、モモイさんにしてみれば短い生涯の中で昇華できなかった恨みはやはりあろう、いくらかは協力してあげてもよいかと、血のしたたる鶏の肢《あし》、などというものはさすがに送りつけなかったが、何通かの手紙送付と何回かの無言電話くらいは実行してみたのだった。

気弱なモモイさんのことゆえ、私の行った数回の「復讐」で、かなり満足した様子だった。しかし、うやむやのうちに「復讐」が終わるかとほっとしていたのもつかのま、井上から電話がかかって来たのである。

「最近どう」気安い口調で井上は言ってきた。

「どうも俺、ここんところろくなことないんだ」に続き、「会わない？」ときた。

おりしもモモイさんはどこを浮遊しているのか、背後にいなかった。気の進まぬまま、しかしこころ咎《とが》めるところもあって、「うん」と返事していた。

井上は、思いつくとその日、である。モモイさんのときはそうでもなかったようだが、私のときの、思いついた日に逢《あ》い引き接吻性交に至った実績をみれば、わかろうというものだ。

その日、モモイさんを背後に従えずに、私は井上に会いにいった。井上は、すっかり痩《や》せて白髪もふえ、年からすれば自然なことなのかもしれないが、それにしてもたった一年のあいだに、老《ふ》けこんでいた。

「妻に愛想をつかされて離縁された。今つきあっている女は若くて綺麗《きれい》だが実がない。会社はリストラ寸前。へんな手紙も来る」井上は一気に述べたて、これも以前とは変わったことだった。

快楽に対してはその日その場で突進、だったが、不興ごとからは目をそむけ逃げるたちだった。このように不幸を縷々《るる》述べたりするよりは性交に溺《おぼ》れる方を選ぶ井上だった。「あらまあ大変」とだけ言って、あとは黙った。黙ったとたんにモモイさんが背後に立った。井上には見えない。井上はつづけて健康状態の悪さを嘆き、そうするうちにモモイさんは井上の方へと長く伸びて行くのであった。胴体がどんどん伸び、ついに頭が井上に届いたと思ったら、私から井上にひょいと移りかえた。モモイさんは、うまく井上にとり憑いた。

モモイさんはそれから数日間現れなかった。健康状態も悪いと言っていたし、井上はすぐにとり殺されるかもしれないと何回か思ったが、深く考えないようにした。井上が哀れな気もした。モモイさんの責任転嫁なところに今さらのように腹をたてて、もっと言ってやればよかったと後悔したりもした。

そうこうするうちに、明日が四十一歳の誕生日という日になった。この一年をつらつら振り返っていると、肩が少し重くなり、モモイさんが帰ってきた。井上、どうした。私がおそるおそる訊《たず》ねると、モモイさんはつまらなさそうに、やめたやめた、と答えた。

あんなつまんない男だったのか、復讐する気も失《う》せ果てたわね、あたしも見る目なかったわよ。

それお、それほどかなあ。

それほどよ、あなたも大人なんだからもう少し男を見る目を養いなさいよ。

なによ、モモイさんに言われたくないわよ。

しばらく二人で気まずくなっていたが、じきにどちらからともなく笑いだし、井上のことはそれ以来二人の話題にのぼらない。

それでモモイさんが成仏《じょうぶつ》するかと思っていたが、その気配も見せずに、いまだに私にとり憑いている。娯楽に映画館に行くことも多いようだ。仲間にナンパされたと喜んで報告してくれたりする。映画館には、そういうわけで、私は行かなくなってしまった。モモイさんにとり憑かれているのだから同じかもしれないが、まんがいち、これ以上とり憑かれてはかなわない。モモイさんのことを気弱などと言っていたが、いちばん気弱なのはおそらく私である。井上の消息もそれ以来聞かない。モモイさんに去ってほしいと願っているのかそうでないのか、自分でもさだかでない。どうにもこうにも、である。

春の虫

ショウコさんの荷物はやたらに多かった。二週間くらいは滞在できそうな、大型のトランクにリュックサック、小さなバッグに紙袋。

「いったい何もってきたの」と聞くと、

「いやあ特に」などと答える。そういえば五年ほど前に一緒に旅行したときも荷物が多かったような気がするが、ここまでではなかった。

ショウコさんとはかれこれ十年来のつきあいである。同じ会社に新卒で同期入社し、四年後に同時に退職し、それからは二人とも転転といくつかの会社を渡り歩いている。

「三年間は一つの会社に勤めてみなさいって言われてたんで、念のため一年多い四年間勤めてみたんだけど、どうしてもあの会社が性に合わなかったの」退社して二ヵ月ほどたって街でばったり会ったショウコさんにわたしが言うと、ショウコさんも、

「あらら、あたしもそれとまったくおんなじだったのよ」と言い、その夜は大いに盛りあがったのであった。念のため一年多く、っていうところがみそでしたね。そう言いながら、さんざん飲んで、翌日はひどいふつかよいで参ったが、それ以来ちょくちょく電話しあうようになった。

「ちょっとあのお」とショウコさんの電話は始まる。平穏無事なときには電話などしてこない、めざましい、又は途方もない、ことが起こったときだけに、ショウコさんは電話してくる。

「あのお、こないだ十歳とししたの男の子にふられちゃったの」という場合もあるし、「あのお、今の会社の直属の上司がものすごいセクハラの人なんだけど、ついに同じ課の子から社長に直訴されちゃったの」という場合もあるし、「こないだ宝くじ当たったのよ。一万円だけど、毎月買いつづけて八年と五ヵ月、ようやくよう

やく」の場合もある。

一般の標準にかんがみるとたいしてめざましくない、または、途方もなくない、かもしれないが、わたしたちにとってはかなりめざましく途方もない、できごとではある。

わたしのほうは、ショウコさんと反対に、なにごともないときにばかり電話をする。

「元気？」

「うんまあ」

「何か面白いことあった？」

「うーん、特に」

「こないだのあの映画見た？」

「みたみた」

という調子である。ショウコさんは「もの言いたい」たちであり、わたしは「もの言いたくない」たちである、ということかもしれない。ただし、ショウコさんの「めざましい」できごとを聞いているうちに、わたしもつい「もの言いたく」なり、自身の「めざましきこと」をつい喋《しゃべ》っているのであったが。

そのショウコさんと、旅に出るのである。

ショウコさんからの電話の最中のある瞬間に、二人して、「なんかやんなっちゃった」と声が揃《そろ》ってしまったのだ。やんなっちゃったからには、旅に出るしかないんではないでしょうかと言いあい、その場で行く先と日にちが決まった。

それが二週間前で、今こうしてショウコさんの大荷物わたしの小荷物もろともに、旅立つというわけなのである。

座席につくとすぐにショウコさんは紙袋をがさがさいわせ、中から折詰を四つとりだした。角をきっちり揃えて窓の横に二つずつ重ね、空になった紙袋をていねいにたたんでリュックサックにしまった。

「走りだしてからね」ショウコさんは言い、すぐにでも手を伸ばそうとするわたしを牽制《けんせい》した。発車のベルが鳴り駅のホームが見えなくなったとたんに、ショウコさんは折詰二つをわたしに渡した。

赤飯のおむすび、蕗《ふき》、さといも、海老《えび》フライ、つけもの数種類、ほうれん草のごまよごし、焼き豚、豆。きれいに詰められている。どれもショウコさんの手作りである。

「これって、すごいんじゃないの」

「もうあなた、朝早く起きて豪華なおべんと作るなんて、中学生のときはじめて男の子と『海を見に』行ったとき以来でございますわよ」ショウコさんは囀《さえず》るように言った。

「海を見に」ショウコさんの言葉を繰り返すと、

「海のばかやろおおお」とショウコさんは小さな声で言い、笑った。

ショウコさんの今回の「めざましきこと」は、どうやら恋愛関係の話らしいのだが、珍しく詳しい事情を語ろうとはしない。語らないだけあって、欣快至極《きんかいしごく》という類《たぐい》の話ではなさそうだった。

ショウコさんの作った豪華弁当をきれいに食べつくし、平野や山をいくつか過ごし、しばらくうとうとしたところで、目的地に着いた。春はまだ浅いが、空気の中にたしかに甘い匂いが混じっていた。大きな川の水音がごうごう響いている。

川沿いに小さな宿が数軒かたまっていた。「山菜料理」「しし鍋」「煮込みうどん」などの看板がどの宿にもかかげてある。

中の一軒にショウコさんはすたすたと歩いてゆき、帳場に「ごめんください」と声をかけた。

「よく知ってるね、前に来たことあるの？」と聞くと、

「大学一年生のときはじめて男の子とね」とショウコさんは答えて、にやりとした。

帳場の奥から着物姿のおかみが出てきて、ふかぶかと頭を下げる。二階の部屋に通されて窓から眺めると、宿の建っている崖《がけ》のはるか下を川が流れていた。川には釣り人が何人もいて、小さな魚がときおり跳ねては光った。

吊《つ》り橋を渡り、川原におりる道を宿のサンダルをはいた足でよろよろとくだっていくと、温度が一度か二度ほど下がったように感じられた。

「まださむいよ」

「まださむいね、春なのにね」

言いあいながら、川原の石に座って釣り人をしばらく眺めた。黄色と黒の混じっ

た鳥が川上に向かって飛んでいく。しばらく飛んでは大きな岩にとまり、こんどは川下に飛ぶ。何回でもそれを繰り返す。

「あのね」しばらくの沈黙のあとに、ショウコさんが口を開いた。黙っていると川の音は大きくなるのだが、声を出したとたんに音はうしろのほうへ退《ひ》くように感じられる。

「あのね、なんかこう、この年ごろって、たいへんなのかなあ」

「としごろ?」

「三十の後半の、この、あたしたちの」

「さあ」

ショウコさんは何が大変なのだろう。川の流れをじっと見ながら手なんかこすりあわせている。

「あたしね、ちょっとあの、騙《だま》されちゃったわよ」手をこすりあわせながら、ショウコさんは言った。

「え」

「男にね」

「おとこ?」

「五十万円、正確には五十二万三千円」

六ヵ月ほど前に知り合った男性だったという。会社の同僚に紹介された人物なので、ちらりとも疑わなかった。新しく会社を作るだか父親の会社が不渡りを出しそうだかどちらだったかもうろ覚えである、内容もろくに聞かずに少しずつ金を渡していった。

いっぺんに五十万円ならば疑いもしようが、一回に三万四万という数字なので、つい油断した。油断したというのも嘘《うそ》で、考えないようにしていたのだろう。これから先一生を共に過ごす相手だと思っていたので、相手がいちいちそのたびに渡してくれた借用書の合計十五枚は、冗談のつもりできれいな封筒に入れ、大大と「借用書在中」と書いて目立つところに置いては二人で見て笑いあった。

しかし一ヵ月ほど前に男は姿をくらまし、紹介した同僚に聞けば、知りあいのまた知りあいが飲み屋かなにかで話しかけられただけの人物だったという。名前も本名ではないだろう。

警察に届けるのもなさけないし、もともと蓄財能力のすぐれているショウコさんにとって五十万円の損害というものが生活に与える逼迫感《ひっぱくかん》の多寡《たか》は、微妙なところであった。けっきょく自分だけのこととして、誰にも相談もせず今までいた。

ショウコさんはゆったりとした口調で喋った。今までも、「めざましい」話をしてくれたときのショウコさんは、のんびりとした様子だった。今回も、話の内容がなかなか厳しいのにもかかわらず、ショウコさんは新聞の三面記事かなにかについて喋っているような感じである。

金額はともかく、ショウコさんの心中いかばかりであるか。わたしは何も言えず、川に向かって石を何個も放るばかりだった。

「騙されるって、かんたんなのねえ」ショウコさんはひそひそ言った。

「かんたん」

「あのねえ、自分にはそんなことありえないって思ってるでしょう」

「そうでもないけど」

「いや、確率的にいってさ」

「確率」

騙されやすいかそうでないかは、騙されてみるまではわからないけど、その前に、自分を騙そうとする人間がいるっていうことに、まず思いが及ばないでしょ。ショウコさんは説明した。なるほど身のまわりの人間が自分を騙そうとする可能性、しかも恋人が自分を騙そうとする可能性など、人はほとんど考えないにちがいない。

「あ」ショウコさんの話をしばらく頭の中で反芻《はんすう》しているうちに、声が漏れた。

「え」わたしの真似《まね》をして石を投げていたショウコさんが、石を投げようとする姿勢のままわたしを見て、同じような高さの声を出した。石を放るので、釣り人はわたしたちから離れた場所に移動してしまった。それほど大きな石ではないのだが。

「自分とつきあっている恋人が、自分とちがう女の人を好きになっちゃって、ふたまたかけて、その結果ふられるのって、騙されるのと同じかなあ」

「それはちょっと違うんじゃ」

最初から騙そうとして騙したのと、結果的に騙してしまったのは違うでしょ。ショウコさんはそう言ったが、信義を破ったという結果においては同じであり、破ろうと意識した時間が少しずれただけのことなのではないか。相手に対する背信的行為だと知って行うことには変わりないのでないか。わたしは反駁《はんばく》した。

「おおまかに言うと同じような気もするんだけど」わたしが勢いにのって言うと、

ショウコさんはしばらく考えこんでいた。考えながら、川原の石を器用に区分けしている。白い石、灰色の石、まるい石、とがった石。

「ねえねえヨーコさん、もしかして『新しく好きな人ができたから』っていう理由で最近恋人にふられた？」石をすっかり分けてしまうと、ショウコさんは無邪気な口調で聞いてきた。

「ちっ」とことさら大きく舌打ちをしてみせると、ショウコさんはさらに無邪気な口調で、

「あら、正解？　かわいそお」と言った。

「正解よ、くそ」答え、わたしはショウコさんが分けた石を全部まとめて川に放った。

黄色と黒の鳥はいつの間にかいなくなっており、サンダルをはいた足先が冷たくなっていた。靴下ごしに足指をごしごしこすり、よっこら、と言いながら立ちあがった。いつまでも石をいじっているショウコさんの手をとって引っぱりあげ、わたしたちは川原の斜面を、歩きにくいサンダルでのぼった。

「でもやっぱり違うような気がする」ショウコさんが少し息を切らせながら言った。

「なにが」

「あたしの場合とョーコさんの場合」

「そうかな」

「そうよ、ぜんぜん違う」

「まあそうだわね」

わたしの相槌《あいづち》を聞きながら、ショウコさんはサンダルを履いた足で大きめの石を蹴《け》った。石はゆっくりと川原へ落ちていった。

「痛っ」ショウコさんが叫ぶ。

「どうした」

「石、痛かったのよう」

「あたりまえでしょう、タイツをはいただけの爪先《つまさき》で蹴ったんだから」

「痛いぃぃ」ショウコさんは甘えた声を出して、わたしの首に腕をまわした。引きずるようにして、甘えた声を出しつづけるショウコさんを宿まで連れていった。ショウコさんの体からは甘い匂いがしていた。春のかすかな甘い匂いに似た香りが、たちのぼっていた。

「あたしね、あんなに好きだった人いないな」ショウコさんは刺身をほおばりながら言うのだった。

「すごく好きにならせてくれたのよ。さすがよね、さすがに専門家よね」ほたて貝のひもにわさびをつけながら、続ける。

「すわ、大恋愛、って思ったのにねえ」しみじみした口調で言いながらも卓上のものにまんべんなく箸《はし》をのばし、ショウコさんは、

「人を信じるって、いったいなんなんでしょうねえ」としめくくった。

さあ、としかわたしは言えなくて、何か言うかわりにしかたなく手鞠麩《てまりふ》とえびいもを煮たものを箸で崩したりした。

ショウコさんは、大型のトランクから取り出した白地にきみどり色の水玉模様のパジャマとも部屋着ともつかないものを着て、その上に水玉と同じきみどり色のカーディガンをはおっていた。浴衣《ゆかた》着ないの、と聞くと、前をはだけちゃって風邪ひくといけないから着ない、と答えながらトランクの中をごそごそひっくり返していた。

やがてショウコさんが取り出したのは、「借用書在中」と書かれた水色の封筒で、

なるほどその中には十五通の借用書がきちんと畳まれてしまわれているのだった。一枚ずつをいちいち広げてわたしに見せ終わると、ショウコさんは十五枚をまとめてまるめ、部屋のくず箱に捨ててしまった。

「そういうのって、証拠になるんじゃないの」

「いいのよもう」

いいのよもう、と言いながら、ショウコさんはカーディガンの前をかきあわせた。卓上のものをほぼ食べおえ、ビールも二人で三本開けた。ああお腹《なか》いっぱい、と言いながら、ショウコさんは畳に横たわった。

「温泉、入らないの」聞くと、

「入ろうか」と答える。答えながらも、ぜんぜん立とうとしない。

わたしもショウコさんと並んで横たわり、顔をショウコさんのまぢかに寄せた。ショウコさんの肌は、白くてもっちりしている。こまかなうぶ毛がはえている。

「ねえねえ、あたしね、何回か死にたくなったわよ」ショウコさんがわたしの顔のすぐ横で、突然言った。

「え」

「あのね、騙されたからじゃなくて」

「う、うん」

「騙されてるって知らないとき、あんまり愛しててね」

何をショウコさんは言いだすのやら。いつだってショウコさんは感情があるようなないような風情《ふぜい》で、十歳としした男の子にふられたとうちあけたときだって、宝くじに当たったと教えてくれたときだって、今回のことにしたって、たいしたことないように語っていたのに。

「妙だって思ってるでしょ」

ほんとうにそうだったので、頷《うなず》いた。ショウコさんは、あたしだって妙だと思ったわよ、と言いながら、笑った。

「あたしほら、いつもあんまり感情こもらないから」

「そうよねえ」

「でもこのたびは、あんまり愛してて、困っちゃったわよ」と、ショウコさんはこちらが困るような率直さで言うのだった。

しばらくわたしたちは横たわったまま川の音に耳を澄ませた。

「愛する姿勢って、演技で行う方がずっとほんとうみたいなものになるのかしら」

ショウコさんが、ぽつりと言った。

「そんなことはないでしょ」

「でもね、あたし、人に愛されてるっていうのがはっきり実感できたのは、こんかいが初めてかもしれない」

「愛されてたの？」わたしが聞くと、

「違ったみたいなんだけど」と言ってから、ショウコさんは少し笑った。

川の、大きな魚が跳ねるのだろうか、鳥が騒ぐのだろうか、ときどき水面を掻《か》くような音が聞こえる。

「もらったからあげたのかな、あたし」ショウコさんは身をおこしながら言った。

「もらった？」

「うん、もらった、いろんなもの」

「どんなもの」

「目に見えないいろんなもの、目に見えないけどなんだかほかほかするもの」

「もらったのかあ」

「うん、たしかにくれたような気がする」

「騙されたのに？」

「まあ、騙す、その道の人だったし」

ショウコさんは、いつもの、熱の入らない口調に戻っていた。たんたんと「もらったわよほんとにねえ」などと繰り返していた。

「ショウコさんがあげたのは、何？」聞いてみた。

「お金と時間」たんたんと、ショウコさんは答えた。

「なるほど」

「つまらないものよね、あたしのほうは」

ショウコさんはよっこら、と言いながら立ちあがり、トランクの中から、足元まで届く毛織のワンピースを取り出した。カーディガンとパジャマを脱ぎ、ていねいにたたんでトランクの中にしまい、ワンピースに着がえた。

温泉入ろう、ショウコさんが言った。浴衣を着て宿のハブラシと小さな手ぬぐいを持っただけのわたしと、かさばるワンピースを着て両手いっぱいに風呂《ふろ》洗面用具をかかえたショウコさんと二人で、宿の廊下をみしみしいわせながら歩いた。風呂場に至る廊下の窓ごしに、大きな月が見えていた。

「あのね」と、風呂につかりながらショウコさんが聞いてきた。

ショウコさんはわたしの二倍の時間をかけて髪を洗い、三倍の時間をかけて体じゅうを磨いた。そのあいだ、わたしは風呂に入ったり出たりを五回はくりかえしていた。ようやくショウコさんが風呂につかりにきたので、一緒に沈んだが、どうやらショウコさんはわたしが一回に漬かる時間の四倍は風呂に沈みつづけるようだった。

「あのね、ヨーコさんふられたとき、どんな感じだった」

「どんな感じもこんな感じも、ふられる時はいつもおんなじでしょ」わたしにしてはずいぶん長く湯に入っているので、頭がぼうっとしていた。

「あたしはね、騙《だま》されたってわかったときに、ものすごく驚いた」

「ふうん」

「ものすごく驚いた」ショウコさんは繰り返した。

「わたしはふられたときには、あんまり驚かなかったな」もうつかっていられなくなって、湯からざばりとあがりながら、わたしは言った。

「信じてたのよね、ばかみたいに」ショウコさんは湯船の中で白い顔をほんのり桃色に染めながら、嬉《うれ》しそうに言った。

信じる、だの、愛する、だの、ショウコさんがこんかい使う言葉、ずいぶんはでじゃない、と指摘すると、ショウコさんは涼しい顔で、まあね、などと答える。

もうでるよ、と言いおいて、先に風呂からあがった。部屋に帰ってテレビを見ていたが、ショウコさんはそれから三十分たっても帰ってこなかった。

ショウコさんがさっき言った言葉をぼんやり思いだしていた。あたし、何回か死にたくなったわよ。そんなふうにショウコさんは言っていた。死にたくなるほど人を好きになったことなどなかったので、思いだしたのだ。

言葉の綾《あや》なのかそうでないのか、死にたいとは只事《ただごと》ではない。只事でないことなど、この数年来自身にあっただろうかと考えると、ショウコさんのことが少し羨《うらや》ましいような気分にもなった。羨ましさのなかには、羨ましさだけではない余分ないくつかの気分も混じっていて、それは少々居心地の悪いものだった。

ショウコさんは時計の針がひとまわり近く動いてから、ようやく帰ってきた。売店で買ってきたらしい絵はがきや小さな提灯《ちょうちん》やあられやまんじゅうを卓上に置き、見いっている。

ワンピースを脱ぎ、トランクからとりだしたスラックスととっくりのセーターを着て、ショウコさんは髪をていねいにとかした。着がえ終わると、こんどはリュックサックの口を開け、中からトランプをだし、卓上に並べはじめた。おまんじゅう、食べない？　と、買ってきたまんじゅうの包装を、リュックサックのポケットからとりだしたはさみで切りながら、わたしに勧めた。わたしが首をふってことわると、はさみをリュックサックのポケットにしまい、トランプをふたたび手にとる。わたしの生年月日を聞き、何占ってほしい、と聞く。金運。ためらいなくわたしが答えると、ショウコさんは熱心に手札を切りはじめた。

何回占ってもらっても、わたしの金運は今年最低だったし、ショウコさんの恋愛運も下降するばかりだった。一時間もたったころ、ショウコさんは、「やめたあ」と言い、あおむけに布団《ふとん》の上に倒れこんだ。

電灯がじ、じ、という音をたてていた。

「虫みたい」とわたしが言うと、ショウコさんは、

「春の虫」と答えた。

春の虫は、しばらく鳴いては静まり、またしばらくすると、じ、じ、と鳴いた。

「さっきね、ばかみたいに信じてたって言ったでしょ」音にあわせて口の中で小さく「じ、じ」と唱えていたショウコさんは、唱えているのと同じくらい小さな声で言った。

「うん」

「信じてるとね、ときどき気持ちが堅い金属みたいになっちゃうことがあった」

「え」

「堅くて、信じるとか信じないとかいうところからずっと離れなきゃならないほど冷たい、そういう金属」

「それって、信じられなくなる一瞬、みたいな意味？」

「じゃなくて」

じゃなくて、とつぶやいてから、ショウコさんはしばらく黙った。じ、じ、とあいかわらず電灯は鳴っている。

その人のことをものすごく愛してものすごく信じているとね、その人のことが見えなくなっちゃうの、自分も見えなくなっちゃうの、それでね、二人のまわりの空気だけがゆらゆらしてて、空気が揺れてるから自分が在ることがわずかにわかるんだけど、そのうち空気もなにもかもどうでもよくなっちゃって、なにも感じられなくなって、小さな粒子みたいなものがそこにいっぱいにあるだけになって、それで、それで。

それで、まで言ってから、ショウコさんは「じ、じ、じ」と今度は少し大きめの声で唱えた。

それで、そこまで来ると、突然堅い金属に突き当たっちゃうの。

「なんなの、その金属って」わたしは聞いた。

さあ。わからない。光ってて冷たくて動かないもの。

「ふうん」

ふうん、としか言えなくて、しかたなくわたしはあおむけになっているショウコさんをじっと眺めた。風呂からあがりたてだったときには赤みがさしていた頬は、電灯の下で、青白く陶磁器のようだった。ショウコさん泣くかな、と思って眺めていたが、泣きそうな様子はみせなかった。

「その金属があらわれることと、ショウコさんが死にたいって何回も思ったことは、同じことなの？」聞いてみた。

同じじゃないけど、つながってるかもしれない。いつか必ず死ぬんだとわかるのと、今死にたいと思うのとが、少しだけつながってるのと同じで。ショウコさんは静かに答えた。

さきほどショウコさんを羨ましく思う気分の中に混じっていた、羨ましい以外の余分な気分が、急に押し寄せてきた。ショウコさん、そんなこと言っちゃずるいよ、と言おうとしたが、ずるいというのも少し違うような気がして、言わなかった。かわりにショウコさんをおきあがらせて、頰を両手ではさんだ。ショウコさんは人形のように軽々とおこされ、人形のようにまばたきせず頰をはさまれた。

「じ、じ」ショウコさんのまねをして言ってみた。ショウコさんはぜんぜんまばたきしない。頰をはさんでいた手をショウコさんの背中にまわし、抱き寄せた。人形のようだったショウコさんは人間に戻って、わたしを抱きかえした。

「あたし、深刻ぶってる？」ショウコさんがいつもの口調で尋ねた。

「ちょっとねえ」抱きしめあいながら、答えた。

「そういう年ごろなのよ、きっと」

「そういう年ごろかなあ」言いながら、ショウコさんの頬をふたたびはさみ、上を向かせた。

「おまんじゅう、おいしかったよ、ヨーコさんも食べればよかったのに」ショウコさんは言い、目を閉じた。

ショウコさんのくちびるに自分のくちびるをほんのり重ね、重ねたままで、「ショウコさん」と言ってみた。ショウコさんも同じように、「ヨーコさん」と、くちびるをあわせたまま、言った。

じ、じ、と鳴いている春の虫はなかなか鳴きやまない。

なんかやんなっちゃうよねえ、と胸の中でつぶやきながら、春の虫の音を聞いていた。

ショウコさんのトランクとリュックサックと小さなバッグが、部屋の隅にていねいに揃《そろ》えて置いてある。まんじゅうはあまり好きでないけれど、明日の朝に食べてみよう。川沿いにあった小さな美術館にも行ってみよう。釣り道具を借りて渓流釣りをしてみよう。サイクリングコースにも行ってみよう。ね、ショウコさん。胸の中でつぎつぎにつぶやきながら、わたしはしばらくショウコさんとくちびるを重ねていた。

じ、じ、という音がしている。

「ヨーコさん」とショウコさんが言い、くちびるを離した、小さな動物のような目で、ショウコさんはわたしを見つめていた。

「このままじゃ、あたしたち、恋人になっちゃうわよ」ショウコさんが笑いながら言った。

「やあよ、ショウコさんお風呂長すぎるんだもの、恋人としては相性悪いわよ」答えると、

「ヨーコさん、もっと丁寧に自分のからだみがかなきゃだめよ。こんど糠袋《ぬかぶくろ》あげるから」とショウコさんが言い、わたしたちはもう一度だけ抱きあった。

抱きあったあと、ショウコさんはトランクから棒縞《ぼうじま》のパジャマを出して着がえた。それから布団に入って、二人で静かに目を閉じた。

春の虫は、いつまでも、じ、じ、と鳴いていた。

夜の子供

大通りから少しはずれたところにある画廊の、扉をすうっと押して入っていった後ろ姿に、見おぼえがあった。画廊では版画展をやっているらしい。ガラス張りの外から覗《のぞ》くと、姿の主はやはり竹雄だった。

以前とくらべて痩《や》せもせず太りもせず、竹雄は大判の封筒を小脇《こわき》にかかえて、白い壁に掛けてある版画を一枚ずつていねいに眺めていた。

竹雄とは以前一緒に暮らした。私も竹雄も同じ年の生まれで、ちょうど二十八歳から三十歳までの丸二年間を共に過ごしたことになる。

「こんにちは」と、画廊から出てきた竹雄に声をかけると、竹雄は目を細めた。

「ああ」と、昨日も会ったような返事をする。最後に竹雄に会ったのは、五年以上も前のことだったのだが。

「どうした」と竹雄は聞いた。

「ちょっとそこまで用があって」

昨日の続きみたいな口調だ。竹雄はもう一度まぶしそうに目を細めた。竹雄の、癖なのだ。大通りでクラクションが鳴る。車がはな唄《うた》をうたっているような感じの、高い音色で「ペー」と聞こえるクラクションである。

「あれはたぶん、フィアットのチンクエチェントだろうなあ」

竹雄はそういえば毎月車の雑誌を買っていた。名前をいつも私は忘れてしまう、私から見ると同じにしか見えない二種類の車の雑誌を、部屋の隅に積み上げていた。掃除しようと思って雑誌の山を動かすと、竹雄はおでこにしわを寄せたものだった。

「動かさないでよ」と竹雄が言う。すると、いつだってそのとたんに雑誌の山は崩れるのだった。

「竹雄がへんなとこで声かけるから、崩れちゃったじゃないの」雑誌を積みなおそうとしながら私が言うと、竹雄はとんできて、私の手を払いのける。

「それ、いいよ、俺がやるからさ、朝子はあっちの掃除してて、あっちあっち」

　あっちあっち、などと言われて私が黙っていようはずもなく、その後はすぐに喧《けん》嘩《か》になる。喧嘩といったって、今思えば、私が一人で竹雄にがみがみ言っているだけのものだった。竹雄は崩れた雑誌を立てなおしながら、ああ、とか、いや、とか、ごめん、とか、うるせえよ、とか、適当に答えているばかりだった。

「竹雄が掃除すればいいのよ、もう私はしないっ」という私の捨てぜりふで、喧嘩は終わる。私の捨てぜりふが出るころに、ちょうど竹雄の雑誌は元のとおりきれいに積み上がり、竹雄は素直に掃除を始める。実のところ、竹雄のほうが掃除は上手だったのだ。

「部屋をまるく掃くひと、それは誰でしょうー」などと唄いながら、竹雄は楽しそうに掃除機をかける。私のように、部屋のこちら側を吸っていたと思ったら次にはあちら側に移り、その次には急にまんなかに来てじゅうたんについた大昔のインクのしみの上を吸ってみる、なんていうふうな掃除のしかたではない。隅から順ぐりに、一定の速さで隙間《すきま》を残さぬように、ていねいに掃除機をかけてゆくのだ。

「まるく掃く、それは朝子というひとー」竹雄の声が、だんだん大きくなってくる。

風呂場で歌をうたっているときのような気分になるらしい。

「朝子はー、朝に生まれた、夜にはのどぼとけがうごくー」でたらめな歌詞のでたらめなメロディーを、竹雄は朗々とうたう。

「なにそれ」と私が言うと、竹雄はますます楽しそうにうたう。

「のどぼとけには魚が棲《す》む、魚はでかくて速いー」

でかくて速い魚はそののち旅に出て、東シナ海で海賊と戦い、やがて引退してパイプをくゆらせながら思い出話をする魚となった。そんなような内容の歌を、いつも竹雄は口から出まかせでうたったものだった。

「へんなの」と私が言うと、竹雄は笑う。

「あたし、丸くなんか掃かないよ」と言うと、また笑う。

掃除が終わると竹雄は掃除機のコードを一回ですっと巻きこみ（私がすると、いつもコードは途中で止まってしまった。いやいやのようにしかコードは巻きこまれない。それなのに竹雄がボタンを押すと、するすると気持ちよく引きこまれてゆくのだ）、掃除機を所定の場所にきちっと収める。

「朝子はほんとうに朝に生まれたの」と、いつか竹雄は聞いた。

「そうだよ」と私が答えると、竹雄は目を細めた。

「朝に生まれた子供はしあわせになるっていう言い伝えを聞いたことがあるよ」竹雄は言った。

「竹雄は、朝に生まれたの」

「いや、夜遅く、らしい」

「それなら夜の子供もしあわせになると思うよ」

「そうだといいね」

竹雄の髪に日が差して、天使の輪ができていた。竹雄の髪は、私の髪なんかよりもよっぽどつやつやしていた。同じリンスとシャンプーを使っていたのだが。

「竹雄と、いつか別れるかな」

日が差して、部屋の中はぽかぽかと暖かくて、私は幸せだったのだ。朝に生まれたから、竹雄と一緒にいたから、竹雄と一緒だけどいつでも一人に戻れるような気がしていたから、幸せだったのだ。だから突然、こんな質問ができたのだ。

「そういう不吉なこと、言わないでよ」竹雄はのんびりと答える。ちっとも不吉と感じていないような口調で。

「だって、未来のことは、わからないじゃない」私も呑気《のんき》に答える。

未来のことは、なるほどわからぬものだ。竹雄が私と別れたいと言いだしたのは、それから二ヵ月とたたない日だった。真冬の曇った日だった。朝子よりも好きな子ができたみたいだ、と竹雄は言った。下を向いた竹雄の視線は、卓のしみに注がれているように見えた。いつか私がこぼしたインク。

あの部屋で、私はインクをこぼしてばかりいた。じゅうたんに。卓に。シーツに。私は日記を書くのが趣味だったのだ。ライトブルーのインクで、その日あったことを、克明に書く。昼のランチにどんな野菜が入っていたか。猫を何匹見たか。春のスーツを買った店の店員がどんなお化粧をしていたか。コンビニの棚に並べられている商品がどんなふうに変わったか。床に寝そべって、机に向かって、ベッドで寝ころがって、どこでも私は日記を書いた。「日記を熱心に書く女なんて、気持ち悪いよ」といくら竹雄が言っても、これだけはやめられなかった。

「もうしわけない」と竹雄は言ったのだ。よそよそしい言葉づかい。それきり、竹雄は口をつぐんだ。私がどんなに責めても、頼んでも、くどいても、竹雄は、ああ、か、いや、しか言わなかった。何かの時に似ている、と思いながら、私は一方的に喋《しゃべ》った。そうだ、これは喧嘩の時に似ているんだ、と途中で気がついた。でも、喧嘩の時とはちょっと違った。竹雄は、「いや」と「ああ」をくりかえすばかりで、「ごめん」だの「うるせえ」だのは口にしなかった。もう喧嘩もできないのだ、とその時にはっきりとわかった。突然耳の奥で蟬《せみ》が鳴きはじめたような感じになった。「ばかやろう」と言い、私は竹雄をなぐった。こぶしで、なぐった。なぐったとたんはなんともなかったが、すぐに竹雄の頰は赤く腫《は》れた。

「腫れたな」竹雄は頰をさわりながら、なんだかぼんやりと、言った。そういえばこの一ヵ月ほど、竹雄はいつもぼんやりしていた。私は気がつかなかった。いや、気がついていたけれど、気のせいだということにしていた。

曇った、寒い日だった。ベランダに雀が来ていた。竹雄が米を撒《ま》くのだ。雀だけでなく鳩《はと》やからすが来ることもあるので、私はいつも「やめてよ」と言っていた。その朝も、竹雄は米を撒いたのだろうか。私に別れを告げようとするその日の朝も、雀のためを思って撒いたのだろうか。耳の奥の蟬は鳴きつづけ、私は茫然《ぼうぜん》と竹雄の頰の腫れを見つめていた。

「えと、その、元気だった」竹雄が聞いた。私たちは大通りを横ぎって、駅の方へと向かっていた。お茶でもどう、と私は誘おうかとも思ったが、それも不自然な気がした。このまま、駅にいって、別々に電車に乗って、竹雄などという人間と会ったことは今まで一度もなかったことにするのが、いいような気がした。

「元気元気、しごく元気」と私は答えた。電車が、架橋の上を走ってゆく。私の答えの最後のところが、電車の音に消されて聞こえない。竹雄は聞き返さなかった。聞き返されないのに、私はもう一度「しごく元気」と繰り返した。

竹雄はゆったりと歩いてゆく。私と竹雄の背はほとんど変わらない。高いヒールをはいているときには、私の方が大きい。竹雄をちょっとだけ見おろすのが、私は好きだった。横を向くと、竹雄の鼻筋と顎《あご》の線が見えた。竹雄の首のあたりの匂《にお》いを思い出した。すべっこい匂い、と私は呼んでいた。あたたかくて、親しみ深い匂いだった。竹雄の体は、どこもかしこもすべっこい匂いがした。

「じゃ」と私は言いかけた。そのまま定期券を自動改札の口に入れて、さっさと竹雄から離れるつもりだった。しかし、言いかけると同時に電車が通った。声が、まかき消された。竹雄はまっすぐ前を向いたままなので、私が「じゃ」と言いかけたことにぜんぜん気がついていない。竹雄は、私と並んで話すときには、いつも前を向いていた。からだをねじって私に向くということを、しなかった。顔見て話してよ、と私が言うと、竹雄は前を向いたまま、なんか照れるよ、と答えたものだった。

竹雄から離れるきっかけを失って、私はそれでも定期券の入っているはずのブレザーのポケットをさぐった。ポケットには、ハンカチと髪のゴムと領収書らしい紙片が入っていたが、定期入れは手に触れなかった。

もたもたしている私を、竹雄が眺めている。私はできるだけ竹雄の体から離れた。竹雄をまだ慕わしいと思っていると誤解されたくなかった。誤解されたくないと思っている、とも誤解されたくなかった。誤解されたくないと思っている、と誤解されたくないと思っている、とも誤解されたくなかった。ぐるぐる。ポケットの中の定期入れがない。いくらさぐっても、ない。

「あのさ、ナイター、見にいかない」突然、竹雄が言った。私は汗ばんでいる。そんなに暑い日じゃないのに、額のはえぎわのあたりが、熱を持っているみたいだ。

「ナイター」

「会社、直帰できないの」竹雄は目を細めながら聞いた。私の汗が、すっと引く。少し、腹立たしかった。なんで腹立たしいのかわからなかったのだけれど。

「できないこともないけど」ほんとうは一回会社に帰った方がいいのだが、私は平気な顔をして答えた。会社に帰ろうが帰らなかろうが、竹雄は毫《ごう》も気にかけないだろうに。

「じゃ、行こう」言うなり、竹雄は先に立ってすたすたと歩きはじめた。いちばんの盛夏のころよりもいくらか日暮れが早くなっている。それも、だんだんに暮れるのではなく、すとんと暮れる。暗くなると虫の声が突然聞こえるようになる。虫というものは、暗くなったとたんに鳴きはじめるのか、それとも、それまでも鳴いていたのが、暗くなったために視覚でなく聴覚が鋭くなってよく聞こえるようになるのか。

虫の音の中、私は竹雄について歩いた。竹雄の頭の中には、野球のことしかないみたいだった。後ろを歩く私の存在を、忘れている。ゆっくりだったのが、足早になり、さらに早足となってゆく。夜間照明が煌々《こうこう》と照りかがやいていて、球場の上の夜空が白っぽい。近づくにつれて、応援団の太鼓や笛の音が大きくなる。虫の音が、ふたたび聞こえなくなっていた。

「打ったなあ」竹雄が、紙コップに入ったビールを飲みながら言った。内野席のいちばん外野寄りに、私たちは座っている。打者は二塁まで走った。

「点、入るかなあ」私は言いながら、球場を見まわした。

「あんまりお客がいないね」

「優勝戦線からどっちのチームも外れてるからな」

竹雄はのびをした。紙コップをこぼれないよう隣の空いた席にまっすぐに置き、大きく息を吸いこんでから、両腕を上にのばした。私は、竹雄の買ってきた鮭《さけ》のおむすびをほおばっている。砕いた氷のいっぱい入ったウーロン茶の紙コップの湿りけが、コップを持っている私の左手をひやひやとさせる。どうして竹雄とこんなところでこんなふうに並んでいるんだっけ。

点は入らず、打者は一巡し、もう一巡し、それでもまだ両チーム無得点だった。ドンドン、ピーピー、という応援の音が斜め上から降ってくる。あんまり熱の入っていない音である。そういえば、応援というものはどんなに熱が入っていても、音だけ聞いているとうわの空な調子にしか聞こえない。

「朝子、あのさ、ありがとう」

え、と私は聞き返した。ありがとう、の意味がわからなかったことよりも、朝子、と昔のように呼ばれたことに、驚いたのだ。

「なぐったでしょ、俺のこと」

「あ」

「それも、グーで」

責められているのかと思って竹雄の顔を見たが、柔らかにほほえんでいる。

「ご、ごめん」

「そうじゃなくて」と竹雄は急いで言った。

「あれで、いろいろ、あいこにしてくれたでしょ」

私はまた少し腹が立った。竹雄は、昔からこういうところがあった。自分の勝手な物語の中に私を押しこめようとするのだ。でも私は言い返さなかった。今さら言い返して、なんとしょう。ピッチャーの鋭い牽制球《けんせいきゅう》が、二塁走者を刺した。

「イチゴミルク食べる」竹雄が聞いた。私が返事をする前に、背広のポケットからイチゴミルクを三個とりだして、私のてのひらに載せた。なんでこんなもの持ってるの、と私が聞くと、竹雄はふふ、と笑った。朝子の好物だからね、はずせないさ。竹雄は答える。

「今の彼女の、好物なんでしょ」私は冷やかに言った。竹雄に腹が立っていた。少し、ではなく、かなり本格的に、腹が立っていた。こんな男のことを、どうして私は好きだったんだろう。「こんな」男である竹雄にも腹が立っていたし、「こんな」男をおめおめと好きになっていた自分にも、腹が立った。しかし、それならばすぐに立ちあがってさっさとこの場を去ればいいようなものなのに、私はいつの間にかイチゴミルクの包み紙をかさかさと開いていたりする。

「俺にも一個、くれ」と言いながら、竹雄は私のてのひらのイチゴミルクを一個取った。

「自分の持ってるぶんを食べればいいのに」

「人が食べてるものだから、うまそうに見える」

私はいそいで残りのイチゴミルク一個を自分のポケットに入れた。もうあげないよ、と言いながら、入れた。ポケットの中のハンカチに手が触れると、かなしくなった。竹雄と私は、しっくりくる。昔も、そして、今も。腹が立っているときも気持ちが沈んでいるときも、竹雄と私の会話はいつだってはずんだ。ばかみたいなことを言いあっているうちに、喧嘩も陰鬱《いんうつ》も、知らぬ間にどこかにいってしまった。ハンカチを、私はてのひらでぎゅっと握りしめた。それからゆっくりとてのひらをほどいた。

野球は、七回の攻防を迎えている。先攻チームが塁を埋めていた。竹雄は真面目《まじめ》くさった顔で、ピッチャーを見守っている。イチゴミルクの甘い匂いが鼻の中をのぼってきた。

「彼女は、今は、いないよ」竹雄が前を向いたまま、言った。

ふうん、そう。落ちつきはらって私は答えるつもりだったが、一瞬、タイミングを誤った。「ふうん」の「うん」のところだけが妙に高い声になった。

かっと頭に血がのぼった。その瞬間竹雄を恨んだ。故《ゆえ》もなく、恨んだ。竹雄になにか意地悪なことを言いそうになった。けれども、言えなかった。

竹雄へのささいな意地悪の言葉を、私は思いつかなかったのだ。どんな言葉が竹雄に対して意地悪になり、どんな言葉が竹雄に対して優しみを与えるのか。私にはもうわからなくなっていた。そのことに気がついて、私は愕然《がくぜん》とした。

「竹雄」と私は呼んでみた。五年ぶりの「竹雄」である。

「なんだ、朝子」

そこで、私たちは顔を見つめあったりすればよかったのだろうか。しかし見つめあう気力が、もう私にはなかった。たぶん、竹雄にも。そのことに、私はようやく気がついたのだ。竹雄と別れてから五年もたった今、ようやく。

私たちは、ゆうべのちらし寿司《ずし》を朝の光の中で眺めているような気分で、互いの名を呼びあった。よく味はしみているけれど、ご飯一粒々々のつやはすでに失われている、ゆうべのちらし寿司。

バッターが二塁打を放った。

竹雄が、そっと私の手を握った。

前ぶれもなしに、竹雄は握ったのだ。竹雄のてのひらは、柔らかかった。柔らかくて、冷静だった。私も、握りかえした。同じように柔らかく、冷静に。

先攻チームが点を入れるたびに、竹雄の手はわずかに固くなった。好きだったたっけなあ、と私は思い返そうとした。けれど竹雄のことをどんなふうに好きだったか、ぜんぜん実感できない。こうして竹雄に会う直前までは、竹雄を好きだった自分の気持ちを隅から隅まで知っていたはずだったのに、いざ会ってみたら、わからなくなってしまった。

「竹雄、竹雄は私のことが好きだったね？」ようやく先攻チームの攻撃が終わって、点差が四点になったところで、私は聞いた。

「好きだったさ」竹雄はすぐさま答えた。あんまりすぐさまだったので、たぶん竹雄も私と同様、好きだったころの気持ちが思い出せないでいるのだと、わかった。応援の音が高まった。ホームグラウンドのチームがこれから攻撃に入るのだ。ぷかぷかどんどんと、鳴りものが響いた。

「太鼓やらっぱの音って、なんかしあわせっぽいな」竹雄が、ぽつんと言った。

「うん」

「朝子といるときは、しあわせ、みたいな感じだったような気がする」

「うん」

竹雄のてのひらは、あいかわらず柔らかかった。とりとめのない柔らかさ。とりとめのない柔らかさの中にいる、とりとめのない私たち。

「私たち、もう一緒じゃないんだね」

「でも今こうして一緒にいるじゃないか」

「へんなの」と私はつぶやいた。

「へんだな」竹雄もつぶやいた。

ホームチームは無得点だった。八回九回と進み、追加点は入らない。球場の空が、明るい。からすが何羽も外野席のてっぺんにとまっている。

突然、竹雄とずっと前から一緒にいたような気分になった。昔も今もその間も、竹雄と離れたことなどなかったような気分になった。それは贋《にせ》の気分だったが、球場の空の明るさが、贋のぺらぺらした安楽な気分を引き寄せた。

「やがて、私たちもいなくなるのかな」私は言ってみた。

「なにその、やがて、っていうの」

「やがて、宇宙も終わるだろうし」

「イチゴミルクもっとやろうか」

いい、と私は首を振って、ポケットに竹雄に握られていないほうの左手を入れて、中のイチゴミルク一個を握りしめた。イチゴミルクの包み紙がかすかな音をたてた。右手に竹雄、左手にイチゴミルク。九回裏で、ツーアウトだった。私は竹雄の手をそっとほどいた。手に残るのは、イチゴミルクばかり。

「後攻のチーム、きっと負けるよ」と私が言うと、竹雄は「うるせえ」と言った。その瞬間に三振が決まって、先攻チームの応援団が勝利のマーチを演奏した。球場の上がますます明るくなっていくように感じられた。明るい空の周囲の暗い空を私は見ようとしたが、どこまでも空は白白としているばかりだった。

「朝に生まれたから、しあわせだな、私」私は竹雄に向かって、というのでもなく、なんとなく、つぶやいた。竹雄は前を向いたままだ。試合の終わりを告げるサイレンが鳴り、お客が出口への階段をつぎつぎにのぼってゆく。

「俺は、夜に生まれたから、そんなにしあわせじゃないかもしれない」竹雄はあいかわらずまっすぐ前を見ながら、言った。

「朝の子供も、夜の子供も、昼の子供も、だれだってちょっとはしあわせだよ」

「やがて宇宙が終わっても？」

「うん」

球場はみるみるうちに空《す》いていった。空がいやに明るい。

私たちはいつまでもいちばん外野席寄りの内野席に座っていた。二人とも、まっすぐ前を向いていた。グラウンドにはもう選手の姿は見えない。みんな、控室に帰ったのだろう。からすが何羽も、外野席のふちから夜空にはばたいてゆく。

たぶん私たちは、途方に暮れているのだ。どうしていいかわからないままに、座りつづけているのだ。イチゴミルクの包み紙が、途方に暮れる私のてのひらの中で、かすかな音をたてた。やがて、と私は考える。しかしその先は、何も出てこない。やがて。イチゴミルクの包み紙を握りしめたまま、やがて、と私はからっぽの頭の中で、繰り返した。

天上大風

私はいま、貧乏だ。

手元にあるお金は、二万四千三百二十九円。今は八月三日。これで、八月二十四日の給料振込日まで暮らさねばならぬ。計算すると、一日約千百円で過ごすことになる。四十四歳の一人暮らしの女にとって、千百円で過ごす一日とは、なかなかに微妙な一日である。

私は会社員である。

二年前までは専業主婦だった。二年前に夫が会社の同僚と不倫的恋愛をした結果、離婚を申し入れてきたので、離婚した。子供はいない。

夫とは、独身のころ勤めていた会社のビルのエレベーターの中で知り合った。同じ日に、エレベーターの中で三回、偶然に行きあわせたことがあったのだ。背の高い、いい様子の男がいると思って眺めていたら、三回目に一緒になったときに声をかけられた。よく会いますね、と言われたので、頷《うなず》いた。しかとは覚えていないが、おそらく上等めの笑顔を浮かべながら、私は頷いたことだったろう。夫は、くりかえすようだが、いい男だったのである。私は、どちらかといえば、器量ごのみである。

「僕はここの十階のA保険の営業なんですよ」

将来夫になり、さらなる将来夫でなくなる男は、言った。

「私は、十二階の信販会社の総務」私は答えた。

それきり話すこともなく、エレベーターの箱の中で、二人して黙った。灯が十階をさし示し、扉がすべるように開くと、将来夫・そのまた将来元夫、は、片手をほんの少し挙げながら、ゆっくりと出て行った。由緒正しき会社員的恋愛の始まりであった。

一年後に結婚し、信販会社を退職した。会社から電車で三十五分、下車後徒歩十一分の場所に、2LDKのマンションを借りて新居とした。結婚一ヵ月めまでは、夫は夕食で使った食器全部を流しにさげてくれた。「私がやりましょう」と言うと、「僕だってこのぐらいはできるさ」と笑いながら答え、食後の卓から立ち上がろうとする私の肩をやさしげなしぐさで押さえた。

二ヵ月めに入ると、私が皿をさげ夫は茶碗と箸と味噌汁の椀をさげるという分担に、天然自然と変化していった。三ヵ月めには、夫はときおり思いだしたように自分の箸と箸おきをさげるだけになり、四ヵ月めに入るころには、食卓にどっかりとかまえ、いつまでもビールの残りをすすりながら野球放送を眺めるばかりとなった。

そのような夫の挙動に不平不満はぜんぜんなかったが、変化のさまには少しばかり驚いた。世間でいわれるいわゆる結婚というものの姿に、夫の挙動があまりに合致していることに、驚いたのだ。

そもそも私は、ものごとに対する定見というものを持てないたちなのである。定見を持たぬ人間は、たとえば「広い心・しなやかな生きかた」という姿勢を持つ者として全うすることもありうるが、通常は「優柔不断・おしきられやすい」者としてうろうろと生きてゆくばかりであることが多い。結婚生活において、私はけっきょく「押し切られやすく相手の言うことに逆らう気力を持たぬ」人間として生きることになった。

夫は重量級柔道選手のごとき頑丈な定見を持っており、私はそれに反対したり新しい構想を打ち立てたりすることが、まったくできなかった。夫が「君は以前はもう少しいきいきとした女じゃなかったかな」と言えば、そうだったろうかとしきりに反省し、夫の指示のとおり「いきいき」とするべく、ジャズダンスを習い老人介護のボランティアに参加してみた。「疲れて家に帰ってきたのに家が暗くて主婦がいないとはなにごとだ」と夫が言ったときには、ボランティアは週二回に減らしてジャズダンスも隔週にしてみた。向かいあって食事しているときに「退屈な奴《やつ》だな」と言われたときには、介護ボランティアの現状について詳細な報告書をまとめ次の食事のときにていねいに発表してみたが、夫は顔をそむけただけだった。考えてみると、そのころすでに夫は「恋愛」状態に突入しており、恋愛相手でない女である私と向かいあっていること自体が苦痛であったようなのだが、そのことも私にしてみれば不思議なことなのであった。恋愛するのは、よしとしよう。ここで「よしとする」ことを、友人のミヤコさんならばおそらく大いにとがめるだろうが、ミヤコさんもまた強大なる定見の持ち主であり、私とは異なった所感を持つ人間なので、ひとまずおいておく。

恋愛するのは、よしとしよう。よしなのであるから、そのうえで恋愛相手でない者と向かいあっている時間をば、ていねいに楽しめばいいではないか。「そんな不実な」と夫は言うかもしれないが、その「不実」が夫の恋愛相手に対してのものなのか、私に対してのものなのか、はたまた夫自身の気分に対してのものなのかが、よくわからない。私には定見がないが、私から見ると、夫には論理的思考というものが足りない。むろん論理的思考などというものは、実生活にはほとんど役立たないものなのではあるが。

けっきょく私は、結婚後十三年めにして発せられた「僕はもう君を愛していない。愛しているのは彼女なのである。愛の冷めたところにある共同生活を僕は継続する意思がない。別れてくれ」という、夫の重量級定見から出《い》でた言葉を、うけいれることになる。二人の人間の意向が異なり、片方が積極的な新案を持っていてもう片方にはこれといった構想がない場合、積極的な案のほうが実現されるのが世の理《ことわり》である。

離婚中止を求める・離婚を認めたうえで莫大《ばくだい》な慰謝料を求める・離婚については保留したまま泣く／わめく／恨む／怒る／威嚇《いかく》する／脅迫する等々の方法も思いつくには思いついたが、それらを実行する動機と気迫が、私には決定的に欠けていた。めんどくせえ、というのが私の結論だった。論理的思考を標榜《ひょうぼう》する者のだす結論としては雑な結論であると思われるむきもあろうが、綿密な論理的思考を展開した結果の「めんどくせえ」なのであることは、ここに強調しておきたいものだ。

「別れてくれ」という夫の言葉は、長く私の耳に残った。離婚して再び就職しなければならなくなり、履歴書を何枚も書いては面接に出かけるその途中の道々で、「別れてくれ」という言葉がかたちをとって私の前に現出した。比喩《ひゆ》ではない。文字どおり、「別れてくれ」という文字が、ちょうど漫画の吹きだしのように目の前にあらわれ出でるのである。一種の、妄想だろう。妄想と承知していれば何ほどのこともないとそのままほっておいたが、あまりいつまでも止《や》まないので、友人のミヤコさんに相談した。

相談という言葉はそもそも曖昧《あいまい》なものであり、世の多くの人の「相談」の目的は、相談相手に新たな展開の可能性を示唆《しさ》してもらうことではなく、自分の意思の確認と肯定を行うことにあるのが常である。

いつか会社の後輩の女の子から「彼が浮気してるみたいな気がするんです」という相談を受けたので、「その一。本当に浮気してるかどうか確かめること。その二。浮気していたら別れるか別れないかを検討すること。その三。もしも浮気でなかったのならば、疑惑に陥りやすい自分について反省すること。その四。浮気かどうか不明の場合は、観察を継続すること」と即座に答えたら、後輩はくすんと鼻を鳴らし、「先輩って、すっごくしっかりしてるんですね」と甘い声でささやいた。翌日会社に行くと、私という人間が恐ろしく冷酷で功利的であるという風評が、フロアじゅうをかけめぐっていたという次第である。なんともはや。

ミヤコさんにした相談の目的は、むろん私の意思確認と肯定にあるのではなく、新たな展開の可能性を示唆してもらうところにあった。相談後のミヤコさんの第一声は、「へー、そんなものが見えるのかー。それってさー、気のせいじゃないのお」というものだった。

気のせいであることはほぼ確かなのである。気のせい、気になる結果、だとしたら、何が気になるのか。ミヤコさんと遅くまで酒を飲みながら「相談」を続けたところ、どうやら私のいちばん気にかかっているのは、「別れてくれ」における「くれ」という言葉であるらしいという結論に達した。

「でも、向こうは別れたいと思ってたんだからあ、くれ、って言うもんじゃないの？」ミヤコさんは言う。道理である。しかし何かがひっかかる。「あたしだって、いつも男と別れるときには『もうおしまいにしましょう』とかなんとか、言うわよ」ミヤコさんは少し呂律《ろれつ》のまわらなくなった舌で言った。「しましょう」が「しまそう」に聞こえる。縞相《しまそう》とはまた、美しい言葉だ。しばし私はうっとりしたが、ミヤコさんに見とがめられ、あわてて話に戻った。

「くれ、っていう命令的な響きの混じった言い方が、嫌だったのお？」ミヤコさんは聞いた。命令的な言い方だろうか、くれ、とは。なるほど命令的ではある。命令的にして懇願調、懇願調にして親愛的。しかり。私はその入り混じったさまが嫌だったのに違いない。

「別れたい」ならば、よし。「別れて下さい」も、よし。「お願いだからどうか別れてほしいのです」も、よし。しかし「別れてくれ」とは、つまりこちらの好意を暗黙のうちに期待し、かつ有無を言わせぬ自分の力を誇示し、しかも長の年月共に過ごした連帯意識を確認するところの、複雑怪奇な意味あいを含む言葉づかいだったのである。

「ようするに、たんに甘えてたわけだ、あの男は」ぼうぜんと私はつぶやいた。

「当然じゃないのよ、あなた今までそれに気づかなかったの、まぬけねえ」とミヤコさんは笑った。ここに至って私の怒りは爆発した。

「もう怒った」私は低く言った。「いまごろ?」とミヤコさん。「もう怒った。ほんとに怒った」私はつづけた。ミヤコさんはあきれたような表情で私を眺めている。

「で、どうするの」ミヤコさんが聞いた。「どうもしない」私。「どうもしないで、どうするの」「どうもしないで、怒る。しばらく、怒ってる」

ミヤコさんは肩を大きくすくめ、「まったくねえ」と嘆息した。まったくもって、と言いたいのは、私のほうである。定見がないと、かくのごとく行動と気分の間に大きな齟齬《そご》をきたすのである。嘆息どころでは済まぬ。済まぬが、仕方ない。原因があり、結果があり、両者の因果関係がわかれば、気分はおさまらぬが頭は納得する。頭が納得し、気分がおさまらぬ場合、なすべきことは一つ。気分がおさまるまで、気分を持ちつづければよいのである。私は、つつしんで、怒りつづけることを、決定した。

怒りはその後きっかり二週間持続した。二週間後に憑《つ》きものが落ちたように怒りはひき、それと共に妄想も消えた。翌月に就職が決まり、その翌年には職場で知りあった十歳年下の男と、私はふたたび会社員的恋愛を始めた。

「歳《とし》の差があるっていうことは、ちょっとアレよ」私の会社員的恋愛を敏感にかぎつけたミヤコさんは、意味深長な声で言ったものだった。ミヤコさんはたいがい意味深長な声をだすから、私は気にしなかったのだが。

「あなた、引き際《ぎわ》はきれいにね」ミヤコさんは続けた。「引き際って、何よ」私が聞くと、ミヤコさんは眉《まゆ》をしかめ、「年上の女が未練がましくなっちゃ、おしまいよ」と言った。

未練というからには、未練を持つ状況を考えねばならぬ。未練とはつまり執着、「してはならぬ」のに、つい執着してしまうことだろう。

「しちゃいけないことって、なに」私は聞いた。「そんなの、決まってるじゃないの」ミヤコさんは煙草《たばこ》の煙を吐きだしながら、答えた。「物を盗んじゃいけません、人を傷つけちゃいけません、っていうのはよく親に言われたけどねえ」と私がつぶやくと、ミヤコさんは反射的に「まったくもう」と返してきた。まったくもう、であるか。ミヤコさんの言うことがわからぬのは、たしかにまったくもう、であるのかもしれぬ。

「まったくもう、な人間なので、わかりません。教えてください」私は乞《こ》うた。

ミヤコさんは嘆息した。ほとほと嘆息の好きな女である。「年下の男の子がね、別れたいって言ったときには、未練がましく追っかけちゃいけないのよ。わかる？」わかる、の「る」、に余韻を持たせながら、ミヤコさんはじっくりした声で言った。

「わからない」私。「何がわからないの」ミヤコさん。「だって、どうしてつきあい始めたばかりなのにすぐさま別れることを考えるの」「年下の男の子と、そんなに長く続くわけないでしょ」「どうして」「すぐに飽きるのよ」「私、飽きない」「向こうが飽きるのっ」余韻のだいぶん失《う》せた声で、ミヤコさんは叫んだ。叫ぶのはよくない。声を大きくすることによって得られる効果は、同時に起こる損失よりも、小さい。

ミヤコさんの忠告は、私の頭にとどまらなかった。やがて数ヵ月後、十歳年下の男は会社に出入りの弁当屋のアルバイトの女の子と恋愛状態におちいり、私に向かって「話したいことがある」と切りだした。「話って、なに」私が聞くと、男は口ごもったが、やがて「好きな子ができたんだ」と言った。「ふうん」と私は答えた。ふうん、と思ったからだ。ふうん、の後には何も続かなかった。この男は、論理的思考は元夫よりは得意らしいのだが、口数が少ない。せっかくの思考も、表現しなければ存在しないのと同じだとつねづね私は思っている。

「好きな子ができた」男は繰り返した。それは、わかった。「わかったけど、それで」私は聞いた。純粋に、知りたかったからである。「もうしわけない」男はうなだれながら言った。「もうしわけないと思ったの？　ほんとに？」私は興味しんしんで聞いた。「ほんとうに、もうしわけない」男はますますうなだれた。

「それなら、いいじゃない」私がにこにこしながら答えると、男は驚いて顔を上げた。「でも」「いいわよ。謝ってくれたし」「ほんとに、いいのか」「あたりまえじゃないの」「ほんとうに、すまん」「いいわよ。ね。ごはん食べようか」男があんまりもうしわけながるので、元気をつけてやりたいと思ったのだ。元気のない時には食物を腹に入れることがいちばん。

男は、しんからすまなさそうな顔で食事を終え、私が沸かした風呂に入り、敷いた布団《ふとん》で眠った。私も男の隣ですやすやと眠った。翌朝起きると、男は姿を消していた。『短い間でしたが、楽しかったです。お金は必ずお返しします。かしこ』という書き置きが、食卓の上にあった。男は、私の総合口座預金通帳と印鑑を持ち出していた。残ったのが、財布の中の二万四千三百二十九円。

「かしこ、っていうのは、女の書く挨拶でしょ」と私は置き手紙に向かって言ってみたが、答えが返ってくるはずもない。うかつだった。もうしわけない、という男の言葉を、私は別れの言葉とは聞かなかったのだ。他の子を好きになってしまったが、再び君の元に戻る、一時の迷いを許したまえ。そういう意味に、私はとったのだ。他の子を好きになってしまった、もう君の元へは戻らない、許したまえ。そういう意味の「もうしわけない」であるとは、ほとんど考えなかった。男の殊勝げな態度から推して、「君の元へは戻らない」という意味である確率は7％ほどであると判断してしまったのだ。

これは、まったくもって私の判断ミスである。男は論理的思考にはいくぶんすぐれていたが、なにぶん言葉数が少ないため、こちらに十全なる情報を与え得なかったのだ。自分のうかつさに、私は嘆息した。ミヤコさんに嘆息されるまでもなく、自分のために自分自身で、大きなため息を、ついた。

「あなたには、あきれ果てる」ミヤコさんが言った。「そうかなあ」ワインを、口にふくみながら、私は答えた。ミヤコさんにおごってもらっているのである。一日千百円の生活で少し痩《や》せた私の腕を、ミヤコさんはさすった。

「でもまあ、定期預金のぶんが返ってきてよかったじゃないの」三日後に、男から、定期預金を全額残した総合口座の通帳と印鑑が送り返されてきたのだ。けっきょく男が私から借りだしたのは（ミヤコさんは盗む、というあられもない表現を使ったが、男が返すと言っているからには借りなのだと私は主張した）、普通口座に預金してあったうちの三十三万円ほどだった。水道代と電気代と電話代の引き落としにかかるほどの金額は、律儀《りちぎ》に口座に残してあった。

「そりゃあね、私が好きになるくらいだから、いい人なのよ」私が威張ると、ミヤコさんはすぐさま「いい人のわけないでしょっ」と叫んだ。くどいようだが、叫んではいけない。

「私が間違った判断をしたのが、いけなかった」と言うと、ミヤコさんは「何言ってるの。ばか。ほんとにばか」と、はんぶん泣きそうな声でつぶやく。ばかではない。論理的思考を実生活に敷衍《ふえん》すると、こうなるのだ。敷衍の方向性が必ずしも適切ではないきらいはあるかもしれないが、ばか、とは違う。

「あなたみたいな人はね、良寛和尚《おしよう》に『天上大風』の字でも書いてもらえばいいのよ」ミヤコさんは口をとがらせながら言った。「なにそれ」と私。

「子供がね、凧《たこ》を作ったのよ」「はあ」「でもちっとも風が吹かない」「それで」「それで、良寛和尚のところに行って、どうにかして下さいな、ってお願いしたの」ミヤコさんの目が少しうるんでいる。酔ったのだろうか。

「お願いして、それで」「そしたら『天上大風』って書いたのよ、良寛が」「それ、どういう意味」「天の上の方では大風が吹いています、っていうくらいの意味でしょ」「凧は、揚がったの?」「知らない」

よくわからない話である。ミヤコさんはときどきこういう飛躍のある暗喩《あんゆ》を言う。ミヤコさんの目が、ずいぶんうるんでいた。「酔った?」と聞くと、ミヤコさんはふふん、と鼻をならしながら、「酔ってないってば」と答えた。「おいしいわよ、このワイン」私が言うと、「まったくこの人は」とミヤコさんは言い、鼻をかんだ。ミヤコさんは泣いているのだった。

ミヤコさんは今や大いに鼻をすすっている。「ごめんね」と私が言うと、ミヤコさんはもう一度私の腕をさすり、「まったくもう、困った、でもいい人だねこの人は」と言った。

部屋に帰り布団に入ってから、困った人といい人のことを少し考えた。私は困った人でもいい人でもない。論理的思考は大切にするが、それだけのことだ。ミヤコさんはちょっとおセンチになっていたのだろう。天上大風という言葉は気にいった。

なぜ気にいったか、ミヤコさんの話した良寛の逸話の意味は何か、翌日ゆっくり考えようと思った。天上で、大いなる風が吹いていることを想像して、愉快な心持ちになった。当面は貧乏だが、なにほどのこともない。八月二十四日までは、あと三日である。

冬《ふゆ》一《ひと》日《ひ》

トキタさんに会えるのは、いつも昼間だった。一時間半の逢瀬《おうせ》。待ちあわせの喫茶店でお茶を飲む間も惜しみ、坂をのぼっていつものホテルへ入る。

もう会いはじめて二年以上になるのに、同じ会いかたである。ゆっくりと映画を見たり、食事をしたり、そういうことは、しない。体を重ねるばかりの逢瀬とは、さぞかしすさんだものだろうと、トキタさんに会う以前には思っていた。しかしそうではなかった。横たわって、トキタさんのあたたかみを感じているのが、ただ愉《たの》しかった。

同じ曜日の、同じ時間におこなう逢瀬。それ以外に会う暇があったとしても、私は言いださなかった。トキタさんも同じだったことだろう。同じ時間、同じ場所、同じおこない。それからはみだそうとは、トキタさんも私も、しなかった。共に、家庭を持つ身である。

「正月はどうするの」と、トキタさんが聞いた。

「家で、いつもと同じに」私は答えた。互いの家の様子を、私たちはときどき喋《しやべ》りあう。

上の子が風邪ひいちゃったの、下の子にうつらなければいいんだけど。家族と信州に旅行してきたよ、山がよかった。次の土曜は父親参観の日なのよ、トキタさんのところも、きっとそろそろね。

夫婦で交わす会話のように、なんでもなく、そのようなことを喋りあう。相手に問いかけることはしない。自分からぽつぽつ喋るばかりである。まるで何かの儀式のように。何かの確認のように。

「暮れ、少し、時間とれないかな」トキタさんはネクタイをしめながら、背中を向けたまま言った。

「え」

「いつもより、長く」

私はぼんやりしたまま、少しもつれている自分の髪をさわった。トキタさんが何を言おうとしているのか、わからなかった。

「弟が、早くに田舎に帰るんで」

独身の弟が、見合いのために暮れの仕事おさめ早々実家に帰るので、部屋の空気のいれかえと郵便のことを頼まれたのだと、トキタさんは説明した。

「弟の部屋で、ゆっくり過ごさないか。クリスマス、にも遅いし、正月、には早いんだが。暮れのどこか一日、たまにはゆっくり話かなんかしてさ」少し早口で、トキタさんは言った。

「いいの？」私は問い返した。

「いいさ。へんなことしないからさ」

「なによ、へんなことって」笑いながら、私は言った。

いいの？　と聞いたのは、弟さんの部屋を使わせてもらっていいの？　というのとは別の意味だった。いつもと違う時間、いつもと違う場所なのに、いいの？　そう私は聞いたのだった。トキタさんは私の問いのほんとうの意味をきっと知っていながら、わざとずれた答をしたのだろう。

いつものようにさりげなく、私たちは宿の門を出た。坂をおり、左右に別れた。トキタさんの姿はすぐに雑踏の中に消えた。クリスマスの音楽がひっきりなしに鳴っていた。


暮れの一日、私とトキタさんは待ちあわせの駅の改札口で落ちあった。二人とも、たくさんの嘘《うそ》をついたにちがいなかった。いつもの逢瀬に必要な嘘の何倍もの嘘を。しかし二人して、なんでもない顔をしていた。

「寒いね」トキタさんが言い、大きく息を吐いた。息が白い。

「にんにくの匂いがするでしょ。ゆうべにんにく焼、山ほど食べたんだ、会社の奴《やつ》らと」トキタさんが言いながら笑った。

「にんにく、私も好きだから」答えて、私も笑った。

「いい天気だな」

「降水確率十パーセントよ」

「よく知ってるね」

「きのう、天気予報、電話で何回か聞いちゃった」

「遠足の前日みたいだな」

「ふふ」

会話の合間に、二人ともいちいち笑った。笑いに、ほんのわずかな緊張が混じっている。

ごみ収集車が横を走り過ぎた。犬を散歩させている男性が、私たちを追い越していった。庭の高枝を長い剪定鋏《せんていばさみ》で伐《き》っている老女がいる。なんでもない住宅街の、なんでもない午前中だった。

小さなスーパーマーケットの前で、トキタさんは立ち止まった。

「何か、買っていこう、すぐ食べられるようなもの」

トキタさんが黄色いかごを持ち、私が食料品を選んだ。

「鍋にしよう」トキタさんが嬉しそうに言った。

「お鍋、あるの、独身のひとのお部屋に」

「あるさ、弟、料理好きなんだ」

喋りあいながら、選んだものをかごに入れていった。レジでトキタさんが支払いをし、私はその間に袋に食料を詰めた。

「片づいてる」入り口の土間に立ったまま私が言うと、トキタさんは、

「靴、脱いで、こっちにおいでよ」とさし招いた。

トキタさんは、壁にたてかけてあった座卓を畳の中央に置き、どうぞどうぞと、レストランの給仕のような身振りで座布団《ざぶとん》を勧めた。向かいあって座り、それから沈黙した。

「あの」

「えっと」

同時に言いかけ、同時に黙った。

「見合いみたいだね」トキタさんが言った。

「弟さん、今ごろお見合いしてるのかしら」

「弟はね、昆虫採集が趣味で」

しばらくトキタさんの弟の話が続いた。

あいつ、昆虫採集が好きでさ。けっこう専門的なんだぜ。展翅板《てんしばん》、とか、蝶《ちょう》の形にあわせて三角の形になっているパラフィン紙、とか、カンレイシャの捕虫網とか。中学生のころから、わざわざ電車に乗って、昆虫専門店に買いにいってたなあ。

「かんれいしゃ、って、なに」

「よくわからん。そういう素材らしい」

「きれいな名前」

「うん」

会話を交わしながら、恋人どうしみたい、と思った。ごくあたりまえの恋人どうしのように過ごしてこられなかった今までの時間のことを、少し思った。

「お鍋の準備をしましょう」と私は言い、小さな台所に立った。トキタさんは手伝いをしたそうにまわりをうろうろしていたが、あまり役にたたなかった。

「酒屋に行ってくるよ」しばらくするとトキタさんは言い、そのことを思いついたことが手柄のように胸を張った。

だしを煮たて、箸《はし》や取り皿を並べおえるころに、トキタさんが帰ってきた。

「おかえりなさい」と私は言った。扉が開いたので、自然に口から出たのだ。言ったとたんに、動悸《どうき》がした。

「ただいま」と、トキタさんは小さな声で答えた。

二人で、少しの間、顔を見あわせた。しんと、見あわせていた。

「思ったよりずっと、料理が上手だねえ」トキタさんは言い、ワインのおかわりをついだ。

「鴨《かも》の鍋だから、赤ワイン。いい思いつきだろ」トキタさんは自慢そうに言った。小さなスーパーマーケットだったが、上等の鴨肉を売っていた。紅色の豊かな鴨肉と、水菜、焼き豆腐、生麩《なまふ》などを、わずかに甘いしょうゆ味で炊《た》きあわせた。

「お料理でトキタさんのこと釣ろうとしてるんだ」私は答え、菜箸で水菜をざっくりと取って鍋に入れた。湯気で窓が曇っている。

「釣られましたなあ」トキタさんは言い、おいしそうにワインを飲んだ。

「ほんと？」私は聞き返し、トキタさんは答えて笑おうとしたが、一瞬、笑いのタイミングをはずした。

私の声が、少しだけ、真剣にすぎた。そのまま、「いつも、こんなふうにしてたいね」と、私は続けてしまった。言ってはいけない、と思っているのに、言ってしまった。

トキタさんは黙った。私も、黙った。鍋から上がる湯気を、私はみつめていた。「ごめんね」しばらくしてから、トキタさんは言い、卓をまわってこちら側にきて、私を抱きしめた。静かに、抱きしめた。

鍋が煮立っている。水菜のさみどりが、濃い緑色に変わっていた。トキタさんに抱きしめられて、涙が出た。

トキタさんは、何回か、「ごめん」と言った。そのたびに、抱きしめる腕に力を入れた。

火を弱めなければ、と私は思った。

「一緒にいたいね、いつも」と、トキタさんが言った。

火を、と私は思った。涙をうかべたまま、私はトキタさんの腕から身をはずした。

「どうしたの」とトキタさんは聞き、

「煮詰まっちゃうから」と私は答えて、火を消した。

「主婦だね」トキタさんは少し笑った。

「主婦なのよ、どうしようもないわねえ」私も笑い、鼻をかんだ。

それから、あらためて二人、思いきり強く、抱きしめあった。

「鍋の最後にうどんを入れるでしょ。これにはね、きんきんに冷やした白ワインがいいんだよ」トキタさんは言いながら、冷凍庫に入れておいた白ワインのハーフボトルの栓を器用に抜いた。

「トキタさんてワイン通、もしかして？」

「じつは、今日思いついた、鍋にワインていうの。知ったかぶりしてみただけ、はは」

「なぜ、日本酒でなくて、ワインにしたの」

「クリスマスの弔い合戦だなあ、今日は、って思ってさ」

「なによ、弔い合戦って」

「ほら、いつもクリスマスって、一緒にいられないでしょ」

「あ」

「クリスマスにワインって考えかた、ちょっと通俗的かなあ」トキタさんは笑いながら言った。

「そんなこと、ない」こんどはできるだけ真剣にならないように気をつけながら、私は答えた。

熱いうどんに冷たい白ワインは、思いがけずよく合った。

「腹、いっぱいだよ」言いながらトキタさんは横になった。私は立ちあがって湯を沸かし、お茶を淹《い》れた。

「時間、そろそろ？」お茶を飲みおわるころトキタさんが聞き、私は頷《うなず》いた。

トキタさんが卓から小さな台所に食器を運び、私が流しに立って洗った。二人で並んで、布巾《ふきん》でていねいに食器や鍋を拭いた。

「トキタさん、よく働くね」

「家ではこんなにしない」

「そう」

素早く、私たちは部屋の始末を行った。長年おこなってきた仕事のように。口少なに、手際《てぎわ》よく。

窓を開け、冷たい空気を入れた。料理で出たごみを袋に詰め、酒の瓶をまとめた。窓をふたたび閉め、カーテンを閉じた。玄関の狭い土間に並んで靴をはき、アパートのふきさらしの廊下に出た。

何個もの鍵をつけたキーホルダーの中からアパートの扉の鍵を探しているトキタさんを、私はじっと待った。ずいぶん長い間部屋にいたと思っていたが、まだ日は高かった。宅配便の車が、せわしなさそうに走っていった。

「今日は、ありがとう」駅の改札口の前に立ち、トキタさんはあらたまった口調で言った。

「こちらこそ、楽しかったです」私も、かしこまって答えた。

二人とも、息が白い。朝よりも気温は上がっているはずなのに、朝に吐いた息と同じように、白い息だった。鴨の鍋とワインで、体の中が暖められているのだろうか。

「あのさ、俺さ、百五十年生きることにした」突然トキタさんが言った。

「百五十年？」

「そのくらい生きてればさ、あなたといつも一緒にいられる機会もくるだろうしさ」

「トキタさんたら」私は言い、うつむいた。

改札口で左右に別れた。階段をゆっくりと下ってから、向かいのホームにトキタさんを探した。少し背をまるめ加減の灰色のコートが見つかったので手を振ったが、トキタさんは気づかなかった。目前の空《くう》をぼんやりと見つめている。子供を預かってくれている近所の人に買って帰るみやげのことを考えながら、私は「ひゃくごじゅうねん」と、口の中でつぶやいてみた。

電車が、来た。向かいのホームにも電車が入り、トキタさんの姿が見えなくなった。

押されて、電車に乗りこんだ。トキタさんの姿をガラス窓越しに探したが、人にまぎれて、見つからなかった。電車の中はむっとするほど暖房が効いていた。息を吐いても、もう白くはならなかった。私の乗った電車と、トキタさんの乗った電車が、同時に発車した。

ぽたん

芙蓉《ふよう》の花が枝から落ちたので、驚いた。

「あんなふうに落ちた」と言ったら、横にしゃがんでいたミカミさんが、

「え」と問い返した。

「芙蓉」

ミカミさんは、地面にいくつも落ちている芙蓉の花と私の顔を交互に眺めてから、

「どんなふうに」と聞いた。

「ぽたん」

「ぽたん？」

「ぽたん」

「ぽたん、か」

しゃがんでいるミカミさんのまわりを、ミカミさんのめんどりが、首をふりながらとっとと歩いている。ミカミさんは、日曜日ごとに、ベランダで飼っているめんどりを、この公園に散歩に連れてくるのだ。

ミカミさんと知りあってから、二ヵ月ほどになる。茶色いめんどりに紐《ひも》もつけず、そのめんどりがこつこつ歩く後をつけてまわる妙な人だと思っていたが、何回か会ううちに私から声をかけた。

「にわとり、お好きなんですか」そう声をかけた。

「たまご産むんでね」ミカミさんは答えた。それからひとこと、ふたこと、私たちは世間話をした。以来、日曜日の夕刻になると、なんとなく公園に足が向くようになった。

約束をしているわけではない。めんどりが公園に飽きて、帰りたがる様子をするまでの間である。ミカミさんが来る五時ごろより少し前にベンチに座って、ミカミさんが帰ってからも少しベンチに座って、それで終わりである。週に一度の、逢瀬《おうせ》ともいえない、雨天中止の、そういうものである。

一回、ミカミさんのめんどりが、飛んだことがあった。にわとりが飛ぶことが稀《まれ》にあると聞いたことはあった。なるほど飛ぶものだと思って私は眺めていたが、ミカミさんが興奮した。

「飛びましたなあ」と、目を輝かせる。

「飛びましたねえ」答えると、ミカミさんは握手を求めてきた。おそるおそる手をさしだすと、ミカミさんは強く握り返した。

「昔ね、にわとりが飛ぶ映画を見たことがあるんですよ」ミカミさんは話しはじめた。

「にわとりが、数十羽いるわけです」

「はあ」

「その数十羽が、いっせいに」

「いっせいに」

「飛ぶ。二、三メートル飛びあがっては落ち、ふたたび、飛びあがる」

「飛ぶんですね」

「飛ぶ。飛んでは落ちるんです。それを永遠のように繰りかえす。そんな記録映画でした」

ミカミさんはもう一度、握手を求めてきた。こんどは、私のほうから、前よりも強く握りかえしてみた。

「草原の上を、にわとりたちは、かたまったり離れたりしながら、ゆさゆさと飛ぶ。地平線には薄い雲がかかっている。カメラは固定され、にわとりたちの姿はどんどん遠ざかります。一羽また一羽と画面から見えなくなり、最後に二羽だけが残りました」

そこまで話すと、ミカミさんは煙草《たばこ》を胸ポケットからとりだして、大きな手で囲むようにして火をつけた。ゆっくりと吸いおわると、丁寧に火を消し、ベンチの横にある吸殻入れに落とした。

「そのうちに疲れたらしく、残った二羽は草原に生えている灌木《かんぼく》の枝にとまった。目をつぶって、くびすじを縮めて、二羽はいつまでも枝にとまっていた。日が暮れてからも、二羽は枝を離れない」

映画の中のめんどりは、眠ったらしい。いっぽうのミカミさんのめんどりは、せわしなく歩きまわっていた。そこらじゅうを、つつきまわっていた。

「次の場面は、朝です。翌朝になっても、二羽はまだ枝にいました。朝日がめんどりたちを照らしました。めんどりたちは目を開いて、少しはばたきます。また飛ぶのかな、とぼくは思いました」

「また、飛んだんですか」私は聞いた。ミカミさんは思い出し笑いをしながら、首を横にふった。

「ぜんぜん」

「ぜんぜん？」

「にわとり二羽はね、どすんと地面に落ちて、それから、落ちたことなんかものともせずに、ものすごい速さで駆けまわりはじめた」

「え」

「そりゃあすごい速さでした。前の日におぼつかない様子で飛んでいたのなんかと、くらべものにならない。なめらかに駆けまわり、カメラに突進してきました」

私が笑うと、ミカミさんも声をあげて笑った。

「最後は、地面をやたらに走りまわるにわとりの肢《あし》ばかりが写って。あとは、コーッコッコッっていう、にわとり特有の現金な声ね。たぶんあれは、腹が減ってたんだろうな。怒ってるようなコーッコッコッの声がますます大きくなってきたところで、映画はぷつんと終わったんだけど」

だからにわとりが好きなんだ。おまけにたまご産むし。そんなふうにミカミさんはしめくくって、三回めの握手を求めてきた。

へんな人だと思ったが、ミカミさんの握手は不快ではなかった。それどころか、私のほうからも、何回でもミカミさんに握手を求めたい感じだった。

その後公園にくるたびに、めんどりが飛んでくれないかとひそかに願ったが、二度とは飛ばなかった。飛ばないので、ミカミさんも握手をしてこない。

芙蓉がまた、落ちた。

「芙蓉は白いねえ」ミカミさんは言って、もう一度私の顔と芙蓉とを交互に眺めた。

「芙蓉の花みたい？」私が自分の顔を指さしながら聞くと、ミカミさんは、へへ、と笑った。

めんどりが、ミカミさんの足もとを歩きまわっている。地面にいる小さな虫なんかを、ついばんでいる。

「いいものあげよう」ミカミさんは言って、上着のポケットから白い薄紙に包んだものをとりだした。

「さっき産んだから。あげる」

ミカミさんは私にその小さな包みを手渡し、めんどりをぽんと胸にかかえあげた。包みをかさかさいわせながら開けると、たまごが出てきた。ざらりとした表面の、殻の厚い、たまごだった。

「あったかい」私がつぶやくと、

「あったかいよ」とミカミさんは答えた。

「産んだばっかりだからね」

私はていねいにたまごを包みなおし、薄紙の上からたまごをそっと撫《な》でた。ミカミさんは、おほんと咳《せき》ばらいをした。それから、嬉しそうに、薄紙を撫でる私を眺めた。

「また来週ね」めんどりを抱くミカミさんを見上げながら、私は言ってみた。

来週のことを言うなんて、約束みたいなことを言うなんて、はじめてのことだった。ミカミさんは、じっと私の目を見た。私は一瞬目をそらしたが、すぐにミカミさんの目をみつめかえした。

「また来週」ミカミさんはぼそりと言った。

「また、来週」私は、繰り返した。

しばらく私たちは見あっていた。めんどりが、ミカミさんの胸の中でくうくう言っている。やがてミカミさんはめんどりを横抱きにかかえなおし、小さく「さよなら」と言ってから、くるりと背を向けた。

「さよなら」と私がミカミさんの背中に声をかけると、ミカミさんは、ちょっと頷《うなず》いた。私のほうは振り向かずに、でも、大きく頷いた。それから、めんどりといっしょに、足早に、去っていった。

川

「ちょっと前まで夏だったのに」言いながら、一郎は長袖《ながそで》の袖口を鼻に近づけた。近づけて、くんくんと匂いをかぐ。

「なにしてるの」と聞くと、

「おひさまの匂いかいでる」と答える。

夏が終わると、洗濯物に太陽の匂いがしなくなるのだという。東向きの一郎の部屋は、朝のうちしか日が射さない。夏の強い日射しだけが洗濯物に陽の匂いを残すのだ、と一郎は説明する。

「これが最後のおひさまの匂いかな、今年の」などと言いながら、一郎は何度でも上着に鼻をつけていた。

わたしたちは、いつも一郎の住んでいる駅の改札口で待ちあわせる。そのまま一郎の部屋に行くこともあるし、ご飯を食べたり散歩をしたりしてから、一郎の部屋に行くこともある。一郎がわたしの部屋に来ることは、ほとんどなかった。

「きて、たまには」と言うと、一郎は笑う。近くで笑っているのに、遠くで笑っているような、奇妙な笑いだ。一郎は、ときどきそういう笑いかたをする。

「定期がないし」そんな言い訳を、一郎はする。

「わたしだって定期なんかないもん」

「でも回数券持ってるじゃない」

一郎の部屋に来るために、わたしは回数券を買っているのだ。

なんだかなあ、と、ときどきわたしは思う。なんだかなあ。そう思ってため息なんかついていると、一郎はすかさずわたしを抱きしめてキスなどしてくれる。すると、わたしはすぐに、なんだかなあという言葉を忘れてしまうという寸法だ。

「部屋に行く前に、河原に行こうよ」一郎が言った。

「よく晴れてるし」

うん、とわたしは答えた。いつだって、わたしは、うん、なのだ。わたしたちは川へ向かった。

「川だし、ここはひとつお弁当ですかな」一郎は言い、川沿いのコンビニエンスストアに入った。

「涼しいから、おでん」

「あとね、やきとりも」

「山菜おこわ売ってるよ。おいしそうだね」

「たこやき買ってもいい？」

「いいよ、おしんこも買おうよね」

言いあいながら、コンビニの水色の買いものかごに、どんどん入れてゆく。

あたためてもらったものと冷たいものの二つの袋を持って、一郎は先を歩いた。空気がひやひやする。鳶《とび》が空の高いところを飛んでいる。

岸辺のくさむらの中に、平たい大きな岩をみつけて、そこに二人して座った。ぱりぱりさりさり包みを開くうちに、一郎は「あっ」と大声を出した。

「どうしたの」

「酒だよ、酒忘れた、しまったなあ」

言うやいなや、一郎は立ち上がり、コンビニエンスストアに向かって駆けだした。

残されたわたしは、遠ざかる一郎の後ろ姿を見ていた。いつだって、こんなふう。わたしが残される。

気をとりなおして、わたしは川を眺めた。眺めているうちに、同じ方向に水が流れていくのが不思議に思えてきた。そのうち、水がどちらに向かって流れているのだかわからなくなった。流れているように見えなくなってしまった。

鴫《しぎ》が何羽か、浅瀬を歩いている。

息を切らせながら一郎が戻ってきた。袋の中から、大事そうに酒をとり出す。小さな缶ビールが四本に、ワンカップの酒が二本、岩の上に並べられた。

「ちょうどいい量でしょう」そう言って、自慢そうにする。

「これ以上でもこれ以下でもだめね、昼の酒はむつかしいんだよ」

なるほどね、と言いながら、わたしも一郎につづいて缶ビールのふたを開けた。

喉《のど》に冷たい。あまりごくごく飲まずに、すするようにして飲んだ。からしをたっぷりつけて、おでんの大根を食べた。空気は冷たかったが、陽が射して背中があたたまってくる。

「ねえ、一郎って小さいころどんな子供だったの」

たこやきを食べながら、わたしは聞いてみた。ビールからカップ酒に移っている。一本めの缶ビールを飲みおわって二本めを開けようとしたら、一郎があわててわたしの手を押さえた。ビール、酒、ビール、この順がいいよ。この酒甘いから。でも甘さがいいんだよ、昼にはね、この甘さがさ。そんなふうに言いながら、カップ酒をさしだした。

「きかん気で落ち着きのない少年」一郎は答え、笑った。

「鳩子《はとこ》は」

「内気でぼうっとした少女」

一郎はまた笑って、山菜おこわに箸《はし》をつけた。かたまっていて、なかなかほぐれない。かたまりのまま、一郎はひとくちで食べた。

鳴がちいちい鳴いている。からだがあたたまって、眠くなった。一郎に抱かれた後のようになった。

「眠い」とわたしは言った。一郎にもたれかかると、一郎はわたしを抱き寄せてくれた。日の光が、きもちいい。

「眠ってもいいよ、眠ったらおいてっちゃうからさ」一郎は答え、おいしそうに酒を飲んだ。

「やだ、おいてかないで」わたしが叫んでがばりと起き上がると、一郎はわたしの肩をおさえつけた。起きあがろうとしても、起きあがれない。

「やだ」

足をばたばたさせながらもう一度言うと、一郎はカップ酒を持ったままの手で、わたしの髪を撫《な》でた。

「お酒がこぼれちゃうよう」とわたしが言うと、

「鳩子があばれなきゃこぼれない」と一郎はすまして答える。

しばらく、一郎はわたしの髪を撫でていた。わたしはあばれるのをやめて、一郎の膝《ひざ》の上に半身をあずけた。

「川、流れてるね」一郎の顎《あご》を下から見あげながら、わたしは言った。

「流れてるさ、そりゃあ」一郎は答えた。

「流れてないように見えた、さっき」

「よっぱらい」

「そうじゃなくて」

説明しようとして一郎を見上げると、一郎もわたしをじっと見ている。上と下から、じっと見つめあった。

鳴が、いくらでも、ちいちい鳴く。一郎の目をじっと見ているうちに、じんわりと涙が出てきた。こんな瞬間はもうないような気がして、涙が出てきた。

「泣き上戸だ」一郎がおかしそうに言った。

「ちがう」

「おこわおいしいよ、食べたら。固いけど」

「固いからおこわだもん」

横たわる姿勢なので、涙が鼻のほうに流れてくる。そんなにたくさん泣いていないのに、鼻声になってしまう。

一郎が、てのひらでわたしの頬の涙をぬぐった。一郎のてのひらからはおひさまの匂いがした。

「鼻、かみなよ」一郎は言い、ティッシュを一枚引きだして、わたしの鼻の上に置いた。ちんと音をたてて、わたしは一郎の膝の上で鼻をかんだ。

二本目のビールを開けて、一郎はごくごく飲んだ。鳴が鳴いている。川がさらさら流れている。

「一郎、こういうときがまた来るかな」

「来るよ、二人で一緒にいれば、何回でも来るよ」

鳴が、やたらにちいちい鳴く。

「二人で、一緒に、いられるかなあ」

「いられるよ」

一郎は喉を鳴らしてビールを飲む。日差しが、やわらかい。

「ほんとに?」

「ほんとにさ、ほんとだからさ、もっとちゃんと鼻かみな」

「うん」

わたしは小さな子供のように、頷《うなず》いた。

「ビールも飲んじゃいな」

一郎の顎が、一郎が喋《しゃべ》るにつれて、うごく。

「うん」

「それでさ、ちょっと眠りなさい。膝貸しといてあげるから」

「うん」

「おいてったりしないから」

「うん」

鴫が鳴いている。

川はさらさら流れている。

一郎がわたしの頭の上でビールを飲んでいる。

川は淀《よど》みなく深く浅く流れている。

わたしは一郎の膝にもたれてじきに眠ろうとしている。

川は流れてゆく。

どこまでも、ゆっくりと、流れてゆく。

冷たいのがすき

冷たいのがすき、といつも章子は言う。

シーツの間にすべりこんだときに、ひんやりするのがすきだから。そう言いながら、熱すぎるくらいのシャワーを、時間をかけて浴びる。

こんがりと焼けたパンの表面みたいに熱くなってから、章子はするりとシーツの下にもぐりこむ。首から上だけを出して、「ああ冷たい」と言いながら、きれいに包装されたプレゼントみたいにじっとする。その瞬間の章子の表情を見るのが、僕のひそかな楽しみだ。

「田島さんは冷たいままの体でいて」と章子は浴室に向かう僕に言う。

「あんまり熱いの、浴びないでね」いつも、そう言う。

「冷たいのがいいんなら、僕が先に浴びて体をさましておいた方がいいんじゃないの」と僕が聞くと、章子は首を横に振り、

「新湯《さらゆ》はからだによくないもの」と答える。

「風呂じゃなくてシャワーなんだから、新湯も二番湯もないじゃない」僕が言うと、
章子はかさねて首を横に振る。

「章子の役目は浴室をあたためることとお湯を柔らかくすることです、っておばあちゃんがいつも教えてくれたから」

おばあちゃんが教えてくれたから、と言うのは章子の癖だ。

章子の役目は、いつも機嫌よくしていること。章子の役目は、機嫌よくいるために甘え上手になること。章子の役目は甘え上手であるために賢くなること。

その三つが、章子のおばあちゃんの「主たる教え」であるらしい。主たる教えのほかに、いくつもの「おばあちゃんの教え」があり、それらは必ず「章子の役目は」で始まることになっている。

章子の役目は、突然クリームソーダが飲みたくなったとき、古式ゆたかな泡のた

つ濃い緑色のクリームソーダを置いている店にうまく連れの男を導いて行ってあげること、なんていうのはまだいいとして、章子の役目は、田島さんに恋愛小説の楽しさを教えてあげること、などと言いながら「古今東西のベスト恋愛小説」と章子が決めた小説の文庫本を、恋愛小説をどちらかといえば苦手としている僕に十数冊もくれたときには、困った。会社のロッカーの奥にしまって、そのままになっている。

「本ならば、いいでしょう、プレゼントしても」と章子は言いながら、青い薄紙に包んでリボンまでかけた文庫本十数冊を、渡してくれたのだ。

「ありがとう」と僕は言いながら、章子をいじらしく思った。その次に、ほんのわずか、ごくわずかに、うとましく思った。うとましく思った瞬間、僕は自分を恥じた。それでも、かすかなうとましさは消えなかった。

「おばあちゃんの教え」と章子が称することは、たいがい章子の女としてのおこないにかんすることである。もしも章子が僕の妻なり公式の恋人なりという立場にいたならば、のびのびと発揮してもいいはずの、女のおこないである。しかし章子はそういうおこないを発揮できないから、発揮すると僕が困惑すると知っているから、

「おばあちゃん」という仲介者をつくるにちがいない。仲介者を通して、人形師にしかたなく操られる人形のかたちをとって、はじめて女としてのおこないを、ちょっぴり成すことができるのだ。

それが、僕にはいじらしい。そしてまた同時に、うとましい。

「本ならば、いいでしょう」という言葉に、僕は章子が「おばあちゃんが教えてくれたから」と言うときと同質の韜晦《とうかい》を感じたのだ。

いじらしく、また、うとましく、感じるかぎり、僕は章子から離れられないのだと思う。いじらしい、だけならば、こんなに続かなかっただろう。

章子とは六年間続いている。僕が四十五歳、章子が三十五歳のときから、僕たちの恋愛は始まった。

初めて会ったとき、「はい」と答える章子の声が、誰かに似ていると思った。しょっちゅう聞く声ではない。かといって、昔知っていた人の声、というわけでもないみたいだった。なじみ深い声。でも身近ではない声。

最初は何とも思わなかったが、聞いているうちに気になりだした。誰の声だったか思い出せないかぎり、背中の手の届かないところがいつまでもむずむずと痒《かゆ》いのが消えてくれないような気分だった。

「声が、誰かに似ているって言われませんか」と、思いきって訊《たず》ねてみた。

章子はしばらく考えていたが、

「小さいころはマーブルチョコの宣伝の女の子の声、中くらいのころはカルピーポテトチップスの宣伝の女の子の声、大きくなってからはウイスキーの宣伝の女の人の声、に似てるって言われたことはあります」と答えた。

「ウイスキーって、どのウイスキーですか」僕は聞いた。章子はほほえんだ。

「いちばんお好きなウイスキーの宣伝っていうことにしておいて下さい」そう言って、章子は下を向いた。下を向いた章子の表情は、今にも泣きだしそうに見える。眉《まゆ》やまぶたの具合が、そうできているのだろう。実際にはあのとき章子はほほえんでいたはずだ。でも僕の目には泣きだしそうに見えた。僕はあせった。

「お仕事は、夜中になさることが多いですか」あせりながら、僕は聞いた。

章子はゆっくりと顔を上げて、「はい」と答えた。ぜんぜん、泣いてなどいなかった。それはそうだ。泣くようなことを、僕は言ってない。章子だって仕事中に人前で泣くような人間ではないだろう。

　僕は章子にインタビューをおこなっていたのだ。章子は翻訳家である。いくつかの、独創的なフランスの現代小説を翻訳して注目を集めていた。翻訳の仕事のほかに、十年ほど前からあちらこちらの雑誌に書いたエッセイをまとめた本が出て、これも話題になっていた。そのころ所属していた月刊誌の書評欄の記事にするために、僕は章子の家のそばの喫茶店でインタビューをしていたのだ。

「翻訳をするのと、エッセイを書くのとでは、どんな違いがあるのですか」あせったまま、僕は聞いた。そんな大ざっぱな聞き方をして、どうしようというのだ。月刊誌の編集部に配属されてから、数年が過ぎていた。初めてインタビューをする若者のようなせりふを、なぜ自分が口にしているのか、わからなかった。

　章子はしかし、翻訳とエッセイの違いについて、きまじめに答えてくれた。

「翻訳はカルメ焼き、エッセイは輪投げ、という感じでしょうか」しばらく考えてから、章子は答えたものだった。

「カルメ焼き？」僕は聞き返した。

「カルメ焼き、私、焼くのうまいんですよ」章子はこれもきまじめに、答えた。

過程の一つ一つをゆるがせにできないのが翻訳で、投げどころを考えあぐねるのがエッセイ。そんなふうに章子は説明した。章子の説明を聞きながら、僕は章子がカルメ焼きをつくるところを見物してみたい、と思った。きまじめな表情で、火にかけた鍋の中のカルメ焼きのタネをせっせとかきまわしているこのひとを眺めてみたい、と思った。

「田島さんはお祭りの夜店では何がお得意でしたか」

ぼんやりと夢想していたら、はんたいに章子に聞かれた。

「うなぎ釣り、でしたかね」

「うなぎ」

「一生で二匹しか釣れたことはありませんが、なに、あれは釣れないようにできてるんですよ」

章子は目をまるくした。

「うなぎ、家に持って帰って、どうするんですか」

「食っちゃいました」

ああ、と章子は小さくため息をついた。

「やっぱり、食っちゃうんですね。私も、食っちゃったと思います、釣ったら。飼ってなんか、やらない。食って、やる」

うつむきながら、章子は言った。うつむいた章子の顔は、また泣いているみたいな表情に見えた。

寝起きのよさそうなひとだな、と僕は思った。でも、よく知り合ってみると、ものすごく寝起きが悪いかもしれない。どちらでも、面白いかな。そんなふうに、僕は思った。

どちらでも、なんて思うところから、すでに僕は章子に引きずりこまれていたのである。

「ひきずりこんでなんか、いないもん」と章子は言うことだろう。

「ひきずりこむなんて執念っぽいことは、私の役目じゃないもん」と言うことだろう。

カルメ焼きは、六年たった今も、結局まだ焼いてもらっていない。章子の部屋には最初のころはときどき行ったが、自然に足が遠のいた。たぶん、章子が望んでいないから。僕が完全に近く、章子のものになるのでなければ、来てほしくないのだということを、あるときふと感じてしまったから。

ガラスの靴の話を章子から聞いたのは、五年めのクリスマスイヴの夜だった。公式でない恋愛（この言いかたは章子の言いかたである。不倫だの浮気だのいう言葉を、章子はきもちわるがる。きらいなんじゃないの、きもちわるいの。古い納豆に浮いた白いつぶつぶみたいに。納豆じしんはすきなんだけど。そう章子は言う）をする者どうしは、クリスマスイヴには会えないものというのが相場のようだが、それは非公式恋愛者のうちのどちらかに子供があって、しかもその子供が育ちざかりの時期にあたる場合だけだろう。僕には子供がいるが、高校生にもなると、クリスマスも何もあったものではない。

一年めから、僕は章子とクリスマスイヴを共に過ごした。

「どこに行こうか」と僕は最初のクリスマスの数日前に、聞いた。

「は？」と章子は聞き返した。

「クリスマス」

「ああそうかあ、もうクリスマスなんだなあ」章子は首をきゅっとのばし、顎《あご》をつき出して天井をじっと見ながら、言った。

僕らはシーツの上に並んでいた。章子の体も僕の体も、両方が熱さを失いかけていた。ついさきほどまであんなに熱かったのに。章子の熱が僕に伝導し、そうやって熱くなった僕の熱がまた反対に章子に伝導し、あわせ鏡のように永遠に伝導はつづいてゆくものなのだろうと、思えていたのに。

「からだ、冷たいね」僕は言った。

「冷たいね」章子も言った。

「でも、冷たいのがすきだから、いいよな」

「ちがうの」章子は天井を見つめながら、言った。

「さめて冷たくなるのは、さみしいの。最初から、冷たくしようと意志して冷たくするのがいいの」

「そうか」

「そうなのよ」

「でもさ、世の中にはルシャトリエの法則ってものがあるよ」

「ルシャなんとかって、なにそれ」

「世界は平衡状態を好む、っていう感じのことかな」

ふうん、と章子は言った。平衡状態を好むのね、世界ってものは。そうつぶやいて、天井をいっしんに見つめつづけた。

「クリスマス、どうする」僕はもう一度聞いた。

「クリスマスって、あんまり関心ないなあ」章子が答えたので、驚いた。平衡状態という言葉に「こちんときて」そんな答えをしたのかと、疑った。

「こちんとくる」というのも、章子の言いかただ。「カチンとくる」に似ているが、違うらしい。

「カチン、みたいに、陰性の雰囲気はないの。ただ、当たるだけ。当たって、やな感じになるときもあるし、いい感じになるときもあるから」

章子はいつか説明してくれた。けれど六四の六分で、章子の「こちん」は「やな感じ」に傾くことが多いと、僕はひそかに思っている。

章子はしかし、いつも「こちん・やな感じ」のときにする不穏な表情は、していなかった。僕はもう一度だけ、言ってみた。

「クリスマス、何かうまいものでも食いに行こうよ？」

「うん、そうしよう。そうしましょう」章子はなんだかひらべったい口調で、答えた。

「店は適当に選んでおくよ」と僕が言うと、章子はさらにひらべったい口調で、

「お願いします」と言った。

章子がクリスマスにほんとうに関心がないということを知ったのは、二年めの冬だった。こんどは店をまかせない、と章子は前もって宣言した。

「フランス料理とか、イタリアンとか、ほどよい具合の懐石料理とかは、やめましょう」と章子は言った。

僕が最初の年に選んだのは、小体《こてい》なスペイン料理店だった。スペイン料理は「やめましょう」のラインナップには入っていなかったが、今年はイタリアンにしてみようか、と内心考えていた僕は、ぎくりとした。

「クリスマスイヴはおそば屋かうなぎ屋。これで決まりですね」章子は堂々と宣言した。

「なんでまた」

「すいてそうだから」

去年のあれは、生まれてはじめてのクリスマスイヴあいびき（これも章子の言いかただ）だったのだ、と章子は説明した。

「あんなに混んでて店の人がせわしなくて来る客もそわそわしてるなんて、知らなかった。クリスマスあいびきの客に満ちている店なんて、輝かしい外食の世界の風上に置けないわよ」と章子は鼻息も荒く、言いはなった。

「だから、おそば屋かうなぎ屋に決まり。まさかクリスマスにはこういう店は混まないでしょ」

それで二年めはそば屋に行き、三年めはうなぎ屋に行った。四年めに僕が提案してみた寿司屋に行ったら、これはあいびき客でけっこう混んでいて、章子の不興をかった。五年めには元にかえって、ふたたびそば屋。

ガラスの靴の話は、二まわりめのそば屋で板わさをつまみながら、聞いたのだ。

「ガラスの靴をくれたのは、大叔父さんだったの」と章子は始めた。

遠洋のまぐろ漁船の乗組員だった章子の大叔父は、ペルシャの市場で買い求めたという子供用のやたらに派手で粗製なチョッキやら、モンキーバーム（タイガーバームの類似品らしい）やら、インドネシアの玉手箱（ただの蓋《ふた》つきの竹籠《たけかご》だったけれど、と章子は笑いながら言った）やらを、航海が終わると章子のもとへと届けてくれた。

「いいみやげだね、どれも」僕が言うと、章子は大きく頷《うなず》いた。

「でもね、親戚《しんせき》のおばさんとかは、大叔父さんのことを、あんまり好んでいなかったみたいね」章子は鼻の頭に皺《しわ》を寄せながら言った。

「いつの世も、自由なひとはねたまれるものさ」

「いつの世も、なんておじさんくさい言葉、使わないで」

「いつの世も、章子はきびしいね」蕎麦湯《そばゆ》の容器越しに章子の鼻の頭の皺を撫《な》でながら、僕は言った。

「ごめん」と答えながら、章子は僕の手を取って、ついばむようにてのひらにくちづけた。

そういえば章子は決まり文句に対していつもきびしい。決まり文句を避けようとするのも一種の決まり文句的体質なんじゃないか、と以前思わず章子に指摘したことがある。章子はしばらく僕をにらんでいたが、やがて「降参」とひとこと言って笑ったものだった。

「するどいわね」と言いながら、章子は僕の脇腹《わきばら》をつつき、

「泣く子と地頭には勝てぬ。論より証拠。李下《りか》に冠を正さず。覆水盆に返らず。人生楽ありゃ苦もあるさ」とひといきにつづけたのだった。

「なにそれ」

「しょっちゅう言いたくてしょうがなくなるけど、我慢してた言葉」

僕たちは顔を見あわせて、くすくすと笑った。このときも、僕たちは冷たいシーツにくるまっていた。僕たちの会う時間の半分以上を過ごす冷たいシーツの間。冷たいシーツにくるまって笑い、冷たいシーツにくるまってぼんやりとし、冷たいシーツにくるまって小さないさかいをし(大きないさかいをするだけの勇気は、僕たちにはない)、冷たいシーツにくるまって抱きしめあう。

僕たちの守り神のような、冷たいシーツ。

「大叔父さんの航海は二ヵ月くらいのこともあったし、一年近くかかることもあったの」と章子が言った。

いちばん長かった航海は三年と三ヵ月かかった。実際に大叔父がその間ずっと船に乗っていたかはさだかではないが、ともかく、日本の自分の家には戻っていなかった。

そのいちばん長い航海のみやげが、ガラスの靴だったのである。

「ガラスの靴って、あの、白雪姫の話に出てきた？」

「白雪姫じゃなくて、シンデレラでしょ」

ガラスの靴は、章子の足にぴったりだった。章子十八歳の冬のみやげである。

「あんまりぴったりだったんで、ちょっと怖かった」

「お母さんにサイズを聞いたりしたんじゃない」

「ううん、大叔父さんはそういうタイプじゃなかった」

「男っていうのは、下調べなんかしてないって顔で、必死に予習していたりするもんなんだよ」

「田島さんも、そうなの」

そうでもないな、と僕はなかばうわの空で答えた。章子の話は、とりとめがない。細部ばかりがくわしく語られていたかと思うと、突然終わったりする。章子が熱心に語っているのを聞いているうちに、僕は必ず眠くなってくるのだ。布団《ふとん》の中で母がしてくれた昔話を聞いていた幼いころのように。

そば屋の中はあたたかかった。シーツの中よりも、よほどあたたかい感じがした。僕はうとうとしかける。酒がまわってきたのかもしれない。

「ガラスの靴、今でもときどきはいてみるんだ」という章子の声に、僕はあわてて目を見開いた。章子は僕の顔をのぞきこんでいる。

「いびき、かいてたよ」と章子は言った。

「え、ほんと」

「うそだよ」

ガラスの靴を今でもはいてみるのだ、と章子はもう一度くりかえした。なんだか悲しそうに、くりかえした。

「今でも、ぴったり?」

「ぴったり」

ガラスの靴をはいて、章子は一人で部屋の中を歩きまわるのだと言う。最初はゆっくりと、やがてはその高い踵《かかと》でこつこつと音を響かせるようにして。ガラスの靴はペディキュアをほどこした章子の指の爪《つめ》をかすかに透かせ、電灯の光を反射してきらめく。

「そのうちに、自分の足がガラスの靴にはりついて、永久にとれなくなっちゃいそうな気持ちになってくるの」

足が靴から離れなくなるのは、たしか『赤い靴』って話じゃなかったっけ、と僕は言ってみる。よくできました、と章子が答える。

「ガラスの靴が永遠にはずれないシンデレラって、何を意味するのかしらね」章子は蕎麦湯をつぎながら、ひっそりと聞いた。

「簡単そうな隠喩《いんゆ》ともいえるね」

「そうなんだけど」

そうなんだけど、と言いながら、章子はつゆとうまくまざっておいしそうに色づいた蕎麦湯の表面をじっと眺めた。

そうなんだけど。

ガラスの靴をはいてこつこつと部屋の中を歩いていると、とてつもなくさみしくなってくるの。結婚を一回もしたことがなくて一人暮らしであるとか、保証のない仕事を生業《なりわい》としているとか、両親も老いてきてこころぼそくなってきただとか、そういうこととは無関係な、とてつもないさみしさが、津波のように襲ってくるの。

章子は蕎麦湯を見つめながら言った。ガラスの靴をはいて歩いている章子の姿を僕は思いうかべた。ガラスの靴をはいた小さな章子の足。その足の上にのびるほっそりとしたすね。すねに続く、こちらはあんがいたっぷりとしたふともも。僕はほんの少し欲情した。

ガラスの靴は、足にはかないで、棚に飾っておけよ。レース編みの敷物かなんかの上に置いてさ。僕はそう言いたかった。でも、なんとなく言えなかった。

章子が感じているさみしさは、存在それ自体の持つさみしさなんじゃないか、とも言いたかった。でも、言えなかった。だいいちそんなことを言ったら、章子は「なによ、そのインテリくさい言いぐさ」とかなんとか文句をつけることだろう。

僕らは、小さな音をたてて、蕎麦湯をすすった。五度目のクリスマスイヴが、ひっそりと過ぎてゆこうとしていた。

ときどき章子は僕の腹に耳をつける。

「ゴロゴロいってる」と言いながら、裸の僕の腹の上に頭をあずける。

「昼に食べたキムチラーメンを消化してる音だな、きっと」

「そういわれてみると、キムチっぽい音だ。オレンジ色でぴりぴりした音だ」

章子はきまじめに言う。最初に会ったときみたいに。章子は、いつだってきまじめなのだ。きまじめで、小さくて、やわらかくて、頑固な章子。

「ね、田島さんは下着を着た自分の姿を鏡でまじまじ見たりすること、ある」と章子が僕の腹の上から聞いた。

「ないよ」

「じゃ、あとで見てみて」

部屋を出る時間になって、もう一度シャワーを浴びにいったときに、僕は章子に言われたとおり下着姿を鏡に映してみた。

「どおー」と章子がベッドに寝そべったまま、聞いてきた。

「腹が出てるよ、けっこう」僕は答えた。

「おなかなんか、どうでもいいから。そういう些事《さじ》じゃなくて、もっと大局的なことは、どお」

「大局的？」

「そう、長期展望にたった前向きなご感想をお伺いしたいの」

「長期展望的にはですね、ええとその、人類というスピーシーズの多様性を感じますね」僕はそれでも、きちんと章子の問いに答えた。僕だって、けっこうきまじめなのだ。

「あのね」章子はいつもより声をはりあげながら、言った。浴室の扉ごしに話しているので、自然にそうなる。

「あのねー、私はーこころぼそくなるー」章子は叫んだ。僕がシャワーを出しはじめたので、ますます大声になる。

「こころぼそくなる？」と聞き返した僕に答える章子の声は、シャワーの音にかき消されて、聞こえなかった。

僕がしずくをしたたらせながらベッドの章子のところに戻ると、章子は小さな声で、

「まっ白い下着を着てる自分の姿を見るとね、こころぼそくなるの」と言った。

まっ白いブラジャーとまっ白いパンツ。その白さがあんまり全《まった》きものなので、こ

ころぼそくなってしまうのだと、章子は言う。

「それじゃ、ベージュとかピンクとか黒の下着をつければいいじゃない」僕が言うと、章子は首を横に振った。

「だって、まだ着られる下着を反故《ほご》にしちゃいけないわ」

「そんなにまっ白い下着をたくさん持ってるの」

「残念ながら、若いころ、白い下着を買うのに凝った時期があるのよ」章子は笑った。

「じゃあ、たくさんあるんだ、まっ白い下着」

「たくさんあるのよ」

「どのくらいあるの」

「たぶん、死ぬまでのぶんは、十分にあるのよ」

章子はシーツに顔をくっつけた。全裸死体のように、章子はシーツにうつぶせになっている。章子、と声をかけたが、答えない。そんな恰好《かっこう》してるとまた悪さをしちゃうよ。そう言っても、答えない。尻をつるりと撫でても、動かない。そんなに犯してほしいのかな、とことさらに大仰な調子で言いながらシーツに押しつけられた胸にふれてみても、動じない。章子、とふつうに呼びかけても、答えない。

僕はベッドの端に腰かけて、靴下をはいた。それからワイシャツを着た。ワイシャツの袖《そで》のボタンをはめ終わるころに、章子は無言で起きあがった。シャワーを使いに浴室へ消えた。

「あのね、田島さん」

シャワーを浴びおえて戻ってきた章子が、きまじめな口調で言う。

「うん」

「さっき田島さんが言った言葉のことを考えてたの、私」

僕はどきどきする。章子が「考えてたの、私」というときには、七三の七分でまずい展開になるから、用心しなくてはいけない。

「うん」僕は何げないふうをよそおって答える。

「どうしてセックスのときに使う決まり文句なら、私はぶつぶつ言わないのかな」

え、と僕は聞き返した。

「セックスのときって、古典的な言葉を使うことが多いじゃない」

「そうだっけ」

「さっき田島さん、悪さをする、なんて言ってた。犯す、とかも言ってた」

ああ、と僕は赤面した。

「ちがうちがう、責めてるんじゃなくて」

ああ、うん、と僕は生返事をした。生返事をするしかないではないか。

「若いひとたちは、ちがう言葉使ってるのかな」

「そうかもな」

「どんな言葉使ってるのかな」

「知らんよ」

「一回、若いひととしてみようかな」

章子の顔を、僕はまじまじと見た。あいかわらずきまじめな表情である。まっ白い下着をてきぱきとつけながら、してみようかな、などと言うわけだ。僕の凝視に気がついて、章子はスカートをひっぱりあげながら、まばたきをした。

「しないわよ、まさか」

「僕には止める権利はありません」両手を降参のかたちに上げながら、僕はおどけた口調で言った。

「権利もない―義務もない―」上着をはおりながら、章子は小さくうたった。ひやりと、僕はした。たぶん章子もひやりとしただろう。

僕たちは口をつぐみ、そそくさと部屋を出た。お酒でも飲みますか、と言いあいながら、早足で歩いた。フランス料理とか、イタリアンとか、ほどよい具合の懐石料理とかのお店に行きましょう。章子が言う。小体《こてい》なスペイン料理もいいんじゃない、と僕が答える。

何かにおいたてられるように、僕たちは歩いた。フレンチやイタリアンや京風や、の店をさがしあぐねながら、僕たちは夜の街を、早足でどんどん歩いていった。

「電話はすきじゃないの」と章子は言う。

すきでないならば、かけない方がいいのかと思って、最初のうちかけないでいたら、

「どうして電話をくれないの」と言われた。

「すきじゃないって言うからさ」

「電話がかかってくるのはすきなの。電話を待つのがすきじゃないの」

僕は困惑した。

「ていうか、待つことはすきなんだけれど、待つ過程よりも待った後の結果を求めすぎちゃうのが、すきじゃないの」

僕はますます困惑した。

「だから、電話はくれない方がいいの」

「でも、どうして電話をくれないのって、さっき」

「電話をくれないひとになってちょうだい」

章子は僕に目をすえるようにして、言う。僕は気押されて、頷《うなず》く。

「電話をくれないひとになって、そのうえで、しばしば電話をください」

そんなの自家撞着《どうちゃく》だよ、と僕は言おうとするが、言えない。かわりに、「うん」と小さく答える。

章子はしばらく見すえていたが、やがてぽつりと言った。

「田島さんとは絶対に私、結婚したくない」

章子とは六年続いている。

冷たいのがすき、と章子は言う。僕は熱すぎないシャワーを浴びたあと、十五秒ほど水を浴びる。タオルで体をていねいにぬぐう。自分の体にふれてみても、自分が冷たいのか熱いのか、わからない。冷たいシーツの間でじっと待っている章子の体にふれてみて、はじめて自分の体が冷たいのか熱いのかが、わかる。

僕は章子から離れられない、でもそうでもないのかもしれない、どちらでも面白い、と僕は思う。章子がどう思っているのか、僕は知らない。章子ならば「正確に知ろうとはしない、でしょ」と言いなおすかもしれない。僕たちは人生の半ばを過ぎたあたりにいる。僕たちはよるべない。僕たちはときどき嘘《うそ》をつく。僕たちは少しさみしい。僕たちはよく笑う。

僕たちのシーツは、冷たい。

ばか

「このまま死んでしまいたい」と、男がときおりせつなげに言うようになった。きわまってのち、床の中で言う。

そう言ってから、ほんとうに死んだように眠って、揺らせば必ず、

「ああ、藍生《あおい》、眠ってしまったのかおれは」

「そこにいてくれるかおまえ」

などと答えるが、答えながらも男は深い眠りの中におり、その眠りの底から、男は藍生に向かって言葉を汲《く》みだすのである。

死んでしまいたい、という言葉が藍生には解《げ》せない。うれしくて死んでしまいた

いのか、かなしくて死んでしまいたいのか、男に聞いてもしかとは答えてくれない。男には妻と子がある。藍生には係累がない。そのことと、死んでしまいたいということがかかわるものなのか、それも藍生にはわからない。ただせつなげにせつなげに、男は「死んでしまいたい」とつぶやくばかりなのである。

藍生は、男の鼓動を聞くために男の胸に耳を押し当て、死んでくれるな、と願う。何にひかれて死ぬなどと言うのか、ひかれないでくれたまえ、と強く請《こ》う。男は、請う藍生の横で、容易には目覚めない。いつまでも、深く眠りつづける。

夏が終わる頃で、藍生は線路の上を歩いていた。一人歩いていた。

夕方に、女ともだちと酒を飲んだのである。しかし藍生はそのようなときも男のことを打ち明け話にして語ったりはしない。男とのことがらは、藍生にとってあまりにうつくしいことがらなので、誰にも話すことはできない。

その後何軒かの店で女ともだちと過ごし、最終電車に乗ったのだった。

月が細く空にかかっていた。リイリイと、虫が鳴いていた。最終電車が去った後の踏切のまんなかに立って、藍生は終点の方向を眺めた。

「行くか」藍生は言い、終点に向って線路を歩き始めた。

線路を歩くのは、ひさしぶりだった。酔ったとき、やるせなくなったとき、ひどく嬉《うれ》しいとき、感情が波だつさまざまなおりに、藍生は線路を歩きたくなる。どこまでもまっすぐにつづく、草の生い茂った、打ち捨てられたような終電後の線路を。夜空の下、ただ一人で。

ほんらい藍生は呑気《のんき》なたちだった。呑気で酔いやすく歌いやすく話しやすく、しかし男との時間が、藍生の口を重くさせていた。現《うつ》し世《よ》の酒には、酔わなくさせていた。この日、珍しく藍生は酔っていたのである。女ともだちとの時間を愉《たの》しんだのである。そして、女ともだちと愉しんだのと同じだけ、男とのことを深く感じたのである。

ふらふらと、藍生は枕木《まくらぎ》を踏みしめた。

「ばか」歩きつつ藍生は言ってみた。小さな声だった。

「ばか」もう少し大きな声で。「ばか」最後に、うたうような調子で、言った。

言ったとたんに、終点の方向から地響きのような音が始まった。

藍生は驚き、線路から外れた。光が見えた。光と共にあらわれたのは、見たこともないはでな色、あざやかな黄色の、二輛《りよう》編成電車だった。

きゅう、という音と共に電車は藍生の前に停止した。『保線車輛』と電車の横腹には書かれている。

前部に、運転士が座っていた。制服をきっちりと着て、背をぴんと伸ばしている。そして、その肩には、ちいさな犬が一匹、のっかっていた。

「こんばんは」藍生は運転士をまっすぐ見ながら言った。酔っているので、いつもよりいっそう、平然と言う。

「はて面妖《めんよう》な」運転士は藍生の顔をまじまじと見て、答えた。

運転士の肩の犬は、像のごとく動かない。

「こんな時間にこんな場所で」運転士は続けた。

「そんなこともありますよ」藍生は落ち着きはらって答えた。

「このあと、どちらまで」さりげない口調で、運転士もつづけた。

「ちょっとそこまで」藍生は、運転士に向かって、ひょっとウインクをした。

「それはようございますね」運転士も、ひょっとウインクを返した。

それから運転士と藍生、二人してじいっと見合った。

リイリイと、虫が鳴いている。

どのくらい見合ったか、風がおこり、電車はふたたび動き始めた。

肩の犬がひと声「ウワン」と吠《ほ》え、藍生のスカートがひるがえった。

その瞬間、藍生と運転士は、はじけたように笑い始めた。

緊張は解け、運転士は、大きな身振りで、ハンドルをまわした。指さし確認をした。

運転士の指さし確認に答えるように、藍生もてのひらをななめに額にあて、敬礼の姿勢をとった。

笑う二人に向かって犬がウワンウワンと吠えた。そのまま、電車はカーブを曲がった。

カーブを曲がる直前に、運転士は窓から顔を出し、

「お気をつけて」と叫んだ。

「気をつけます」藍生も叫んだ。

電車がすっかり見えなくなってからも、こだまのように犬の吠え声は続いた。

あたたかな泉のような何かが、藍生の胸の中に湧《わ》きいでていた。夜の中、いつまでも遠く響くウワンウワンの声にのって、こんこんと湧きいでてきていた。足裏に枕木はやわらかく、藍生はいつしかふたたび男のことに思いをめぐらせていた。

次に会ったときには、男を抱きしめよう。藍生は思った。つよくつよく男を抱きしめてやろう。そう切実に思った。

「ばかなひと、ばかなわたし」

藍生はつぶやき、枕木を静かに踏んだ。踏みながら、

「死んでしまいたいこともあるぅー」と、でたらめな節をうなってみた。

それから、元気よく線路の上を歩きはじめた。

運命の恋人

恋人が桜の木のうろに住みついてしまった。

アメリカシロヒトリが刺すよと言うと、今の季節もう蛾《が》になってしまっているから大丈夫と言い返す。じめじめするから体に悪いと注意すると、頑健なので平気だと否定する。会社に行くのに支障をきたすのではないかと心配すると、在宅勤務の多い仕事なのでなんとかなると答える。

庭の奥に立っている樹齢百年ほどの桜の木である。

深い庭で、うっそうと植物が生えており、池もある。魚や木の実や青ものなど取りほうだいで、食べ物には困らないようだ。水は、焚《た》き火で雨水の汲《く》み置きを蒸留して得るらしい。

最初のころは不安にも思ったが、恋人が平然としているし会社を馘首《かくしゅ》されることもなかったしで、すぐにわたしも慣れ、週に二回は木々をかきわけて桜の木のうろを訪ねるようになった。

くすのきの幹をつたって椎《しい》の木に移り、そこから地面におりて古い池をめぐるころには、中天に月がかかっている。

この時刻には恋人はたいがい水の中にいる。夜行性になったのがうろに住みはじめてから二ヵ月後、指の間にきれいな薄い水搔《みずか》きができたのが三ヵ月後だった。このごろはえら穴もできて、一時間くらいは水の中にもぐりっぱなしでいられるらしい。

しばらく水辺で待っていれば、やがて雫《しずく》をしたたらせた恋人が音もなく水からあがり、素裸のまま抱きしめにやってくる。

会社にはあいかわらずきちんきちんと通っているが、酒だのゴルフだののつきあいが悪くなったせいか、同僚や上司に疎《うと》まれがちだと、恋人はときおりこぼした。

そろそろ戻れば、と言うと、恋人は首を横に振って、もう戻れないねえ、と答える。よく見れば恋人は以前よりもずいぶんと毛深くなっているし、歯もとがり耳も立ちあがっている。

夜明けの少し前まで共に過ごしてから、持参したアイロンずみのワイシャツと恋人の好物の揚げ茄子《なす》を桜の木のうろの中にしまい、ふくろうがほうほう鳴き木々が葉ずれの音をたてるなか、わたしは梢《こずえ》をかきわけて帰路につく。

そうやって五年たち、十年たち、やがてわたしは恋人ではない男と結婚して、子供を三人生んだ。子供たちにも子供ができ、その子供にも子供ができ、つぎつぎに子孫は増えていった。

子孫が千人を越えたころ、わたしは久しぶりに庭の奥に恋人を訪ねてみることを思いついた。

昔のようにくすのきの幹をつたってから椎の木に飛び移ろうとしたが、椎の木はすっかり成長してしまい、飛び移れるような下枝がなくなっていた。

しかたなくわたしは、地面を歩いた。苔《こけ》がいちめんに生え、空気はひんやりとしていた。

古い池をめぐって、恋人が住んでいる桜の木にたどり着いたのは、真夜中だった。

ひさしぶり、と、うろの中に呼びかけてみたが、答えがない。用意してきた揚げ茄子とストライプの新品のワイシャツを、桜の幹の前に供え、しばらく待った。うとうとしてしまったのか、目を開けると空が白んでいた。ふと見ると恋人が目の前に立っている。立ったまま揚げ茄子をむしゃむしゃ食べている。

恋人は思ったほど変化していなかった。全身がすっかり毛におおわれ、背中に羽のようなものをたたんでいるのが、変化といえば変化か。顔つきなどは昔とそっくりそのままだった。

どうしていた、と聞くと、あいかわらずだよ、会社はちゃんと通ってるし、定期検診もきちんと受けてるけど悪いところはないし、給料はあんまり上がらないけど、まあまあかな、などと澄まして答える。

ほんとにひさしぶり、なつかしいなあ、と言いながら、恋人の腰に手をまわしてみた。恋人はわたしの耳を撫《な》でてくれた。水搔きが耳に当たってくすぐったかったが、昔どおりの撫でかただった。

やさしくやさしく、恋人は耳を撫でつづけた。夜明けに鳴く鳥が、空の高いところでこうこう鳴いている。

そのままじっとしていると、恋人は一回二回強くわたしを抱きしめ、次の瞬間身をひるがえして茂みの中に消えた。

梢が何回か揺れたかと思うと、すぐに恋人は姿をあらわした。手に大きな鳥を逆さにぶらさげている。

この先も出世しそうにないけどさ、まあ毎日の食事には困らないし、こうしてひさしぶりに会ってみればやっぱり君のこと好きだし、もう一度やりなおさないか。

恋人は言った。

胸がどきどきした。

長年いろいろなことを経てきたが、やはりこのひとが運命のひとだったのかもしれないと思いながら、わたしは恋人の顔をじっと見た。

昔よりもよほど精悍《せいかん》になって、羽なんかはえてるけれど、性格はいいし、生活力も案外ありそうだし。

喜んで。わたしは答えた。

やがて子供が三人生まれ、その子供に子供が生まれ、子孫は増えつづけ、桜の木のうろも手狭になったので、くすのきや椎の木のうろに子孫たちを住まわせ、わたしたちは末永く幸せに暮らした。

おめでとう

西暦三千年一月一日のわたしたちへ

寒いです。ゆうべはずいぶん風が吹いたので、今朝も少し波が高い。風は、こわいです。風が吹くと、いろいろな音がくる。ボウボウボウボウボウ。ざんざんざん。ルルルル。ゆんゆん。いつもない音が、どこからかやってくる。いつもないものは、こわい。

寒いです。飯を炊《た》いて干し魚を少し嚙《か》みました。飯を炊く匂《にお》いがすき。秋の夜、眠く眠くなったときの床の中みたいな匂いがします。

芋と粟《あわ》が少なくなってきたし、米はほとんどもうないので、飯は薄い。今日は魚を獲《と》ろうと思うので、飯はあんまり食べずにとっておきます。

魚は二匹獲れた。大きいのと小さいの。今日は晴れているので、遠くが見える。晴れている日は遠くが見えて、曇っている日は遠くは見えないけれど遠くの音が聞こえます。トウキョウタワーが見える。トウキョウタワーまでは歩いて一日かかる。前に行ってみた。ここから見るときれいだけれど、近くに行くとぼろぼろでした。誰もいなくて、さびしい場所でした。このあたりには何人か住んでいるので、いい。

寒いです。こんにちは。あなたに会えました。あなたに会うのがすきです。あなたと喋《しゃべ》るのがすきです。干し魚はおいしいね。きのう大きな入日を見ました。入日は、赤い。冬のはじめの葉よりも赤いです。

あなたと、少し抱き合いました。腕をあなたにまわして、あなたも腕をまわしてくれて、ぎゅっとすると、あたたかいです。魚は岩の上に置いて、しばらくぎゅっとしました。あなたは草の匂《にお》いがする。

誰かに会うのは三日ぶりです。四日かもしれません。七日かもしれない。日を数えたり、言葉を喋ったりするのをやめてはいけないと、あなたのおとうさんが言った。この島には昔はもっともっとたくさんの誰かが住んでいた。今は少ししかいない。

トウキョウタワーがきれいです。近くに行くとあんなにぼろぼろなのに。遠くのものはふしぎ。ふしぎでこわい。

魚をあなたにあげたいです。ナイフで開いて、海の塩をふります。二人で、食べました。飯も全部食べました。二人で食べると、一人で食べるよりも、いい。小さい魚は干します。動物や鳥がとってしまわないよう、注意して干します。

歌をうたいました。歌はあなたのおとうさんに教わった。歌の音はふしぎ。遠くからきたような音です。自分のなかに、遠くのものがあるのは、ふしぎ。歌を三つうたいました。

少し寒いです。今日は新しい年なんだとあなたが言いました。新しい年は、ときどきくる。寒くなると、くる。おめでとう、とあなたは言いました。おめでとう。まねして言いました。それからまた少しぎゅっとしました。忘れないでいよう、とあなたが言いました。何を、と聞きました。今のことを。今までのことを。これからのことを。あなたは言いました。忘れないのはむずかしいけれど、忘れないようにしようとわたしも思いました。

さよなら。あなたが行ってしまったので、暗くなる前に畑を少し耕しました。入日が赤いです。火をおこします。

飯を薄く炊いて、かめの水を飲みました。

この島にはもっとたくさんの誰かがいたんだと、あなたのおとうさんは教えてくれました。もっとたくさんの誰かは、どんな人たちだったんだろう。その人たちのことを忘れずに今もおぼえている人は、いるんだろうか。どこか遠くに、いるんだろうか。

寒いです。おめでとう。あなたがすきです。つぎに会えるのは、いつでしょうか。

解説

池田澄子

川上弘美の小説やエッセーを読むと、必ず何度か笑ってしまう、ふふゝ。しかし、アハハと笑ったことはない。そういえば川上弘美は目を細めてふふふゝとよく笑う。その笑いは、おかしいなぁではなく、おもしろいなぁというふふふゝに聞こえる。見える。

『おめでとう』は十二編の短編を纏《まと》めたもの。二人ずつの登場人物が人生の一部分をちらと見せる。勿論《もちろん》その二人は、それぞれに他の人との関わりを抱えているのだが、物語は極力そのことに触れない。二人は直面している問題への打開策を考えようとせず、未来は視野にない。それなのに私は何回も笑った。笑いながら、やがてつくづくとかなしくなっていた。

二人の関係は一見特殊と見えて（なにしろ「どうにもこうにも」などは〝私〟と

幽霊の話なのだから）、実は万人の思いに通じるものなので、じわりと身にしみるのである。そして川上弘美のふふふゝは、淋《さび》しいなぁではなかったかと思われてくる。

個人の不安やかなしみを、いとも自然に、人間というものの不安やかなしみに転化させる不思議が満ちている『おめでとう』。

登場する人々は、例えば「モモイさん」「ショウコさん」「ヨーコさん」「男」「ミカミさん」「あなた」など。名前とは、一人を他者と区別して個を主張するものだ。ここに並ぶ名前その他はそのことを拒んでいる。「私」の数人はついに名を明かさない。名乗らない主人公「私」あるいは「あたし」をはじめ、平凡で無機質な名が装《よそお》う無防備は、読者・私を物語中に滑り込ませ同化させる。そして個人の愛憎の姿をではなく、そのことの普遍性に辿《たど》り着こうとする。

また同時に、これら無機質な名は、彼らの体臭を消し、背信の逢瀬《おうせ》の生臭さを消してしまう。体臭を捨てた彼ら彼女らは、救いようのない儚《はかな》さによって愛《いと》しい。

どの物語もストーリーはシンプルだ。短編に複雑なストーリーは適さないが、それだけではない。ストーリー性が積極的に排除され登場人物も最低限に押えられることによって、濃《こま》やかな心理が浮き彫りにされるのである。ストーリーの展開への興味は、ささやか故に強烈なディテールの生気を殺《そ》ぐし、文体の個性を邪魔にするだろう。

そして、夫々《それぞれ》の物語には一つのことがいつも流れている。

会えば別れがくる。人の心は変わる。愛する最中での別れの予感、いや予感と言っては生温《なまぬる》い必ず別れがくるという確信。もっと言えば、明日への期待を持つことで次の絶望が約束されることへのおそれ。各編に流れるものは、愛の不確かさの確かさである。

人の心の儚さは、生きる上での現実の行為の細部によって絵空事に終わらない。細部は、心だけで漂いたがる登場人物をしっかりと現実に引き止めるのだ。そして、漠然と漂い呆然《ぼうぜん》と在る人々の哀れを、生き生きとしたおかしみと交差させるのである。

例えば最初の一編「いまだ覚めず」の冒頭、「あたし」は、タマヨさんに十年ぶりに逢いにゆく。車中で、土産のつもりの笹蒲鉾《ささかまぼこ》を食べ始める。

「タマヨさんは、封が開いていて二本しか残っていない袋の混じった笹蒲鉾の包みをみやげにと手渡しても、頓着《とんちゃく》しないたちである。（略）今はどうなっているかわからぬが、（略）さらにお腹が減り、結局残りの二本も食べてしまったので、タマヨさんのたちが変化しているかいないかはすぐには確かめられないことになる」。

平仮名で行きつ戻りつする叙述の中の「袋の混じった」の些細《ささい》さに私は感動する。また「あたし」は駅前で半身のきんめ鯛《だい》を土産に買い直す。

「タマヨさんはどんな顔をするだろうか、びっくりしたような嬉しいような顔をするだろうかと思って実際に手渡したら、嬉しいようなびっくりしたような顔をした」。

あぁ、もう途中で本を閉じるわけにはいかない。中毒になりそうな川上節である。

そういえば、「神様」に登場する〝くま〟や、『龍宮』の中の「北斎」に現れる〝その昔蛸であった〟男の存在感も、行為の細部がもたらすものであった。

更に、さまよう心のああかこうかは例えばこうだ。

「天上大風」の「私」は離婚したあと、夫に言われた「別れてくれ」の「くれ」に拘《こだわ》る。その「くれ」が男の甘えだと気付いたとき「どうもしないで、怒る。しばらく、怒ってる」と友人のミヤコさんに宣言し、「なすべきことは一つ。(略)私は、つつしんで、怒りつづけることを、決定」する。その後、十歳年下の男と恋愛するのだが、数か月後、新しい恋人の出来た男が言う「もうしわけない」を、申し訳ないことをした、もういたしませんの意味と解釈し、男に姿を消されてやっと「もう君の元へは戻らない、許したまえ」であったことを知る。

「冬一日」の、密会するトキタさんと私ははじめて、ホテルではなくトキタさんの弟の留守宅でいつもより少しだけ長い時間をすごす。「二人とも、たくさんの嘘《うそ》をついたにちがいなかった。いつもの逢瀬に必要な嘘の何倍もの嘘を。しかし二人して、なんでもない顔をしていた。」そして「二人ともいちいち笑」うのである。お互いに嘘をついて家を出てきている後ろめたさを書かずに、いちいち笑うという行為の単純で、心理の複雑をあらわにしているのだ。

また、買物をして戻ったトキタさんに、うっかり「おかえりなさい」と言い、トキタさんも「ただいま」と言い絶句する意味。鍋料理を前に抱き合いながら「煮詰まっちゃう」と言い、「主婦なのよ、どうしようもないわねえ」と言うおかしな哀れ。否《いな》、おかしさが哀れなのだ。単なる説明ではない細部の描写はこんなに多くを語り、人の哀れは端から見るとこんなに些事で、その上に滑稽《こっけい》であることを再認識させられる。

作者は眉間《みけん》に力を入れ、これらの一行一行を絞り出しているのか、それとも息を吐くように次々と、日記を記すように思い付くままにキーを打つのか。そのどちらもが、この作者には似合う。

本当に書きたかったものは言葉にならない、と書いたのは誰であったか。言葉は作者を誘い裏切り、作者は言葉を愛し恨む。信じられないから言葉との対話に限りがない。やがて一粒の言葉をつまみあげ再度の品定めをして懐《ふところ》に入れる、のだろうか。

川上弘美が懐から取り出す言葉は、さわれば壊れそうな感覚と心理を描きながら、一見いともあっさりと単純に見える。その素っ気ない言葉はまるで幼げで、しかし確かに、揉《も》み込《こ》む錐《きり》のように深みへ届く。技がないように見える「技」によるそれらの文体の中で、「性交を行った」には度肝を抜かれた。「性交を行った」には愛液の匂いがない。それは片仮名の名前のマジックに似ている。

「いつぞやはあたしのことをあいしていたはずなのに」、「はきだすように、という形容にぴったりの声で、はきだすように、言った」、「私のときの、思いついた日に逢い引き接吻《せつぷん》性交に至った実績をみれば」、「きわまってのち、床の中で言う」などなど……、居直ったような、ムードや色気の拒否である。

ここには大上段を逆手にとったおかしさがある。一方、決まり文句を分解し組み立て直した言葉、出来合の言葉に過剰なほどに反応しながら深みに落ちてゆく言葉。その言葉たちは、「カチンとくる」と「こちんとくる」の違いや、「待つことはすきなんだけれど、待つ過程よりも待った後の結果を求めすぎちゃうのが、すきじゃない」というような、神経に罅《ひび》いりそうな感性のしんどい鋭さと綯《な》い交《ま》ぜになる。

この、愛や恋には一見不似合いな言葉を選ぶことで、細部を際立《きわだ》たせる川上節が、恋人のように語り合う女と女や、「公式でない恋愛」の男と女をあわあわと美しく在らせるのであった。

各編に通底するのは、無常を肯《うべな》った、人であり男であり女であることの仄《ほの》かな辛《つら》さである。しかとした原因のない別れの予感のように原因のない、生きて在ることの「とてつもないさみしさ」である。陽炎《かげろう》の中に揺れる草のように在るような無いような恋する人々、の心。今、確かに在って、必ずいつか消える恋、心。明日あるいは未来を期待する自分をこそ恐れることによっての、今ただいまを流れて生きる心細さが、じくじくと滲《にじ》む。「いつ別れるかな」と女が言い、「そういう不吉なこと、言わないでよ」と男が言い、「未来のことは、わからないじゃない」と女が言って、百日経ずに二人に別れが訪れる、男と女の物語。この世に繰り返され、川上弘美が手を替え品を替えて繰り返しあばく、別れが前提の物語。顔を隠し体臭を消し個を捨てて、漠然としているからこそ誰でもに憑《つ》くかなしみの数々。

長編『センセイの鞄』には心変わりでの別れはなかったが、突然の死による別れで終わった。そして、形見の空っぽの鞄が懐しさと、虚しさを象徴していた。

ところが「運命の恋人」の、寿《いのちなが》は、永遠に忘れることのできない、消え去ることができないことの哀れだ。その余りの永遠性がしんどく切なく、逆に現実の儚さを思わせもする。

更には、「おめでとう」は「西暦三千年一月一日のわたしたちへ」の囁《ささや》き。在りつづけることの怖さを虎落笛《もがりぶえ》のようにひょーと囁く。

儚さの裏の現実の些事のおかしさにふゝと笑い、笑いながらつくづくとかなしくなったあとで、心変わりのない寿《いのちなが》の伴う恐ろしさに途方に暮れるのであった。憧《あこが》れの永遠の愛とは、こんなにしんどい怖いものであったか。なんたる厄介。

「冷たいのがすき」は、恋人に「いじらしい」と「うとましい」を同時に抱えていることを意識した、若くはない冷めた認識を書いていて苦く鋭い。この一編は、田島という「僕」の語り口で書かれている。だから恋人の章子は「僕」の観察と思索の対象であって、直接的には感慨を述べない。ここで作者は、心というものの厄介にこだわる自分自身や言葉に対する考え方を、意識的に外から見ようとしたのではないか。「冷たいのがすき」は、川上弘美による川上弘美論のように私には思えた。

繰り返しになるが、愛の不確かさを肯定し信じそれに心身を委《ゆだ》ね逆らわず、だから未来をきりひらく努力を拒否した体臭の無さは、読者の好みを二分するだろう。それでいい。

これらは、見るからにのニヒルとも違い、未来に向かってよく生きようと努力せざるを得ない、見るからにの健気《けなげ》とも違う、躍起にならない時代や世代を現しているようにも思われる。

川上弘美は、多面体の不思議な人だ。本人にとっても不思議な人なのではないだろうか。このことは、作家としての重要な資質である。

（二〇〇三年五月、俳人）

この作品は二〇〇〇年十一月新潮社より刊行された。

川上弘美著

ニシノユキヒコの恋と冒険

姿よしセックスよし、女性には優しくこまめ。なのに必ず去られる。真実の愛を求めさまよった男ニシノのおかしくも切ないその人生。

川上弘美著

センセイの鞄

谷崎潤一郎賞受賞

独り暮らしのツキコさんと年の離れたセンセイの、あわあわと、色濃く流れる日々。あらゆる世代の共感を呼んだ川上文学の代表作。

川上弘美著

古道具 中野商店

てのひらのぬくみを宿すなつかしい品々。小さな古道具店を舞台に、年の離れた4人のもどかしい恋と幸福な日常をえがく傑作長編。

川上弘美著

なんとなくな日々

夜更けに微かに鳴く冷蔵庫に心を寄せ、蜜柑の手触りに暖かな冬を思う。ながれゆく毎日をゆたかに描いた気分ほとびるエッセイ集。

川上弘美著

ざ　ら　ざ　ら

不倫、年の差、異性同性その間。いろんな人に訪れて、軽く無茶をさせ消える恋の不思議。おかしみと愛おしさあふれる絶品短編23。

川上弘美著

どこから行っても遠い町

二人の男が同居する魚屋のビル。屋上には、かたつむり型の小屋――。小さな町の人々の日々に、愛すべき人生を映し出す傑作小説。

川上弘美著
パスタマシーンの幽霊
恋する女の準備は様々。丈夫な奥歯に、煎餅の空き箱、不実な男の誘いに喜ばぬ強い心。女たちを振り回す恋の不思議を慈しむ22篇。

川上弘美著
なめらかで熱くて甘苦しくて
それは人生をひととき華やがせ不意に消える。わきたつ生命と戯れながら、恋をし、産み、老いていく女たちの愛すべき人生の物語。

川上弘美著
猫を拾いに
恋人の弟との秘密の時間、こころを色で知る男、誕生会に集うけものと地球外生物……。恋する瞳がひきよせる不思議な世界21話。

江國香織著
きらきらひかる
二人は全てを許し合って結婚した、筈だった……。妻はアル中、夫はホモ。セックスレスの奇妙な新婚夫婦を軸に描く、素敵な愛の物語。

江國香織著
つめたいよるに
愛犬の死の翌日、一人の少年と巡り合った女の子の不思議な一日を描く「デューク」、デビュー作「桃子」など、21編を収録した短編集。

江國香織著
流しのしたの骨
夜の散歩が習慣の19歳の私と、タイプの違う二人の姉、小さな弟、家族想いの両親。少し奇妙な家族の半年を描く、静かで心地よい物語。

小川洋子著
薬指の標本

標本室で働くわたしが、彼にプレゼントされた靴はあまりにもぴったりで……。恋愛の痛みと恍惚を透明感漂う文章で描く珠玉の二篇。

小川洋子著
まぶた

15歳のわたしが男の部屋で感じる奇妙な視線の持ち主は？　現実と悪夢の間を揺れ動く不思議なリアリティで、読者の心をつかむ8編。

小川洋子著
博士の愛した数式
本屋大賞・読売文学賞受賞

80分しか記憶が続かない数学者と、家政婦とその息子――第1回本屋大賞に輝く、あまりに切なく暖かい奇跡の物語。待望の文庫化！

恩田陸著
六番目の小夜子

ツムラサヨコ。奇妙なゲームが受け継がれる高校に、謎めいた生徒が転校してきた。青春のきらめきを放つ、伝説のモダン・ホラー。

恩田陸著
夜のピクニック
吉川英治文学新人賞・本屋大賞受賞

小さな賭けを胸に秘め、貴子は高校生活最後のイベント歩行祭にのぞむ。誰にも言えない秘密を清算するために。永遠普遍の青春小説。

恩田陸著
歩道橋シネマ

その場所に行けば、大事な記憶に出会えると――。不思議と郷愁に彩られた表題作他、著者の作品世界を隅々まで味わえる全18話。

角田光代著

キッドナップ・ツアー

産経児童出版文化賞・路傍の石文学賞受賞

私はおとうさんにユウカイ(=キッドナップ)された！　だらしなくて情けない父親とクールな女の子ハルの、ひと夏のユウカイ旅行。

角田光代著

くまちゃん

この人は私の人生を変えてくれる？　ふる／ふられるでつながった男女の輪に、恋の理想と現実を描く共感度満点の「ふられ小説」。

角田光代著

平凡

結婚、仕事、不意の事故。あのとき違う道を選んでいたら……。人生の「もし」を夢想する人々を愛情込めてみつめる六つの物語。

北村薫著

スキップ

目覚めた時、17歳の一ノ瀬真理子は、25年を飛んで、42歳の桜木真理子になっていた。人生の時間の謎に果敢に挑む、強く輝く心を描く。

北村薫著

ターン

29歳の版画家真希は、夏の日の交通事故の瞬間を境に、同じ日をたった一人で、延々繰り返す。ターン。ターン。私はずっとこのまま？

北村薫著

リセット

昭和二十年、神戸。ひかれあう16歳の真澄と修一は、再会翌日無情な運命に引き裂かれる。巡り合う二つの《時》。想いは時を超えるのか。

梨木香歩著

西の魔女が死んだ

学校に足が向かなくなった少女が、大好きな祖母から受けた魔女の手ほどき。何事も自分で決めるのが、魔女修行の肝心かなめで……。

梨木香歩著

からくりからくさ

祖母が暮らした古い家。糸を染め、機を織る、静かで、けれどもたしかな実感に満ちた日々。生命を支える新しい絆を心に深く伝える物語。

梨木香歩著

家守綺譚

百年少し前、亡き友の古い家に住む作家の日常にこぼれ出る豊穣な気配……天地の精や植物と作家をめぐる、不思議に懐かしい29章。

堀江敏幸著

いつか王子駅で

古書、童話、名馬たちの記憶……路面電車が走る町の日常のなかで、静かに息づく愛すべき心象を芥川・川端賞作家が描く傑作長篇。

堀江敏幸著

雪沼とその周辺

川端康成文学賞・谷崎潤一郎賞受賞

小さなレコード店や製函工場で、旧式の道具と血を通わせながら生きる雪沼の人々。静かな筆致で人生の甘苦を照らす傑作短編集。

堀江敏幸著

河岸忘日抄

読売文学賞受賞

ためらいつづけることの、何という贅沢！異国の繋留船を仮寓として、本を読み、古いレコードに耳を澄ます日々の豊かさを描く。

津村記久子著

とにかくうちに帰ります

うちに帰りたい。切ないぐらいに、恋をするように。豪雨による帰宅困難者の心模様を描く表題作ほか、日々の共感にあふれた全六編。

津村記久子著

この世にたやすい仕事はない

芸術選奨新人賞受賞

前職で燃え尽きたわたしが見た、心震わすニッチでマニアックな仕事たち。すべての働く人の今を励ます、笑えて泣けるお仕事小説。

内田百閒著

百鬼園随筆

昭和の随筆ブームの先駆けとなった内田百閒の代表作。軽妙洒脱な味わいを持つ古典的名著が、読やすい新字新かな遣いで登場！

内田百閒著

第一阿房列車

「なんにも用事がないけれど、汽車に乗って大阪へ行って来ようと思う」。借金をして一等車に乗った百閒先生と弟子の珍道中。

平松洋子著

夜中にジャムを煮る

つくること食べることの幸福が満ちる場所。それが台所。笑顔あふれる台所から、食材と道具への尽きぬ愛情をつづったエッセイ集。

平松洋子著

焼き餃子と名画座
―わたしの東京　味歩き―

どじょう鍋、ハイボール、カレー、それと……。あの老舗から町の小さな実力店まで。山の手も下町も笑顔で歩く「読む味散歩」。

新潮文庫最新刊

石田衣良著
清く貧しく美しく
30歳・ネット通販の巨大倉庫で働く堅志と28歳・スーパーのパート勤務の日菜子。非正規カップルの不器用だけどやさしい恋の行方は。

山本文緒著
自転しながら公転する
中央公論文芸賞・島清恋愛文学賞受賞
恋愛、仕事、家族のこと。全部がんばるなんて私には無理！　ぐるぐる思い悩む都がたどり着いた答えは――。共感度100％の傑作長編。

瀬名秀明著
ポロック生命体
人工知能が傑作絵画を描いたらどうなるか？最先端の科学知識を背景に、生命と知性の根源を問い、近未来を幻視する特異な短編集。

望月諒子著
殺人者
相次ぐ猟奇殺人。警察に先んじ「謎の女」へと迫る木部美智子を待っていたのは!?　承認欲求、毒親など心の闇を描く傑作ミステリー。

遠田潤子著
銀花の蔵
私がこの醤油蔵を継ぐ――過酷な宿命に悩みながら家業に身を捧げ、自らの家族を築こうとする銀花。直木賞候補となった感動作。

伊藤比呂美著
道行きや
熊日文学賞受賞
夫を看取り、二十数年ぶりに帰国。〝老婆の浦島〟は、熊本で犬と自然を謳歌し、早稲田で若者と対話する――果てのない人生の旅路。

新潮文庫最新刊

コンラッド
高見浩訳
闇の奥

船乗りマーロウはアフリカ大陸の最奥で不気味な男と邂逅する。大自然の魔と植民地主義の闇を凝視し後世に多大な影響を与えた傑作。

カポーティ
小川高義訳
ここから世界が始まる
―トルーマン・カポーティ初期短篇集―

社会の外縁に住まう者に共感し、仄暗い祝祭性を取り出した14篇。天才の名をほしいままにしたその手腕の原点を堪能する選集。

C・R・ハワード
高山祥子訳
56日間

パンデミックのなか出会う男女。二人きりの愛の日々にはある秘密が暗い翳を投げかけていた。いま読むべき奇跡のサスペンス小説！

P・オースター
柴田元幸訳
写字室の旅／闇の中の男

私の記憶は誰の記憶なのだろうか。闇の中から現れる物語が伝える真実。円熟の極みの中編二作を合本し、新たな物語が起動する。

P・ベンジャミン
田口俊樹訳
スクイズ・プレー

探偵マックスに調査を依頼したのは脅迫された元大リーガー。オースターが別名義で発表したデビュー作にして私立探偵小説の名篇。

D・E・ウェストレイク
木村二郎訳
ギャンブラーが多すぎる

ギャンブル好きのタクシー運転手が殺人の容疑者に。ギャングにまで追われながら美女とともに奔走する犯人探し――巨匠幻の逸品。

おめでとう

新潮文庫　か - 35 - 2

平成十五年七月一日発行
令和四年十一月十日八刷

著者　川《かわ》上《かみ》弘《ひろ》美《み》

発行者　佐藤隆信

発行所　株式会社新潮社

郵便番号　一六二―八七一一
東京都新宿区矢来町七一
電話　編集部(〇三)三二六六―五四四〇
読者係(〇三)三二六六―五一一一
http://www.shinchosha.co.jp

価格はカバーに表示してあります。

印刷・株式会社精興社　製本・加藤製本株式会社

ISBN978-4-10-129232-8 C0193